AF450331

MILLE ET UN

ROMANS,

NOUVELLES ET FEUILLETONS.

Paris. — Imprimerie de Boulé, rue Coq-Héron, 3.

LES
MILLE ET UN
ROMANS,
Nouvelles et Feuilletons.

Tome dix-septième.

WERTHER, par Goethe.
EULALIE PONTOIS, par Frédéric Soulié.
QUINZE JOURS AU SINAI, par Alexandre Dumas.
LA LESCOMBAT, par Roger de Beauvoir.
LE BAIGNEUR DE DIEPPE, par Roger de Beauvoir.
CHARLOTTE CORDAY, par Alphonse Esquiros.

PARIS,
BOULÉ, éditeur, rue Coq-Héron, 3,
ET CHEZ TOUS LES LIBRAIRES DE PARIS, DES DÉPARTEMENS
Et de l'étranger.

—

1846
1847

WERTHER

PAR

GOETHE.

————◆————

LETTRE PREMIÈRE.

Le 4 mai 1771.

Que je suis content d'être parti! Qu'est-ce que le cœur de l'homme? Je t'ai quitté, toi, mon compagnon, toi, mon ami, je t'ai quitté pour être plus tranquille. Mais tu me pardonnes, je le sais; mes autres liaisons n'étaient-elles pas faites pour tourmenter un cœur tel que le mien? La pauvre Eléonore! et cependant j'étais innocent : est-ce ma faute si, tandis que j'admirais la beauté piquante de sa sœur, une trop vive tendresse s'emparait de son cœur sensible? Mais suis-je entièrement innocent? n'ai-je point entretenu sa passion, et ne me suis-je point amusé avec toi des expressions naïves d'un sentiment tendre et sincère? n'ai-je pas?... Mais combien de reproches n'aurais-je point à me faire? Je veux, mon cher ami, je veux me corriger, je te le promets; surtout je ne veux plus retourner en arrière et m'appesantir sur le souvenir douloureux des chagrins que j'ai éprouvés. Je jouirai du présent, et le passé sera passé pour moi. Tu as bien raison : oui, sans doute, il y aurait moins d'infortunés, sans cette disposition fatale qui porte notre imagination à se retracer les peines passées.

Fais-moi le plaisir, mon cher ami, de dire à ma mère que je m'occupe de ses affaires, et que je lui en donnerai des nouvelles au premier jour. J'ai vu ma tante; ce n'est point la méchante femme que l'on m'avait dépeinte, c'est, au contraire, une femme gaie, vive, qui a le meilleur cœur du monde. Je lui ai exposé les griefs de ma mère sur la portion de l'héritage qu'on lui retient. Elle m'a dit ses raisons et les conditions auxquelles elle est prête à remettre le tout, et plus que nous ne demandions. Bref, je ne veux pas en dire à présent davantage, mais tu peux assurer à ma mère que tout ira bien. J'ai trouvé encore, mon cher ami, dans cette affaire, que la négligence et les malentendus causent peut-être plus de désordres, que la fourberie et la méchanceté, qui du moins sont certainement plus rares.

Du reste, je me trouve très bien ici. La solitude, dans ce paradis terrestre, est un baume pour mon cœur. Les charmes du printemps le pénètrent et y portent une chaleur nouvelle. Chaque arbre, chaque buisson est un bouquet de fleurs, et une odeur délicieuse se répand sur toute la campagne.

La ville est désagréable, mais la nature étale autour d'elle les plus grandes beautés ; aussi le feu comte de M... avait-il planté un jardin sur un de ces monts voisins qui croisent et varient si agréablement le paysage. Ce jardin est simple ; on voit, dès l'entrée, qu'il n'est point l'ouvrage d'un jardinier savant, mais celui d'un ami de la nature, d'un homme sensible, qui voulait jouir de soi-même. J'ai déjà donné plusieurs larmes à la mémoire du défunt, dans un cabinet à moitié ruiné, qui fut sa place favorite, et qui est maintenant la mienne. Bientôt je serai le maître de ce jardin ; j'ai gagné le jardinier, et il n'y perdra rien.

LETTRE II.

Le 10 mai.

Mon âme est aussi sereine que les belles matinées du printemps. Seul et tranquille dans un séjour fait pour des esprits tels que le mien, j'y jouis du bonheur de vivre : je suis si heureux, mon cher ami, si absorbé dans le sentiment de la douceur de mon existence, que mes talens en souffrent ; je ne saurais dessiner, je ne saurais former un trait, et jamais je ne fus si grand peintre. Des vapeurs légères couvrent cette plaine riante. Le soleil, au milieu de sa course, se repose sur le sommet des arbres touffus, qui me couvrent d'une ombre impénétrable. Quelques rayons seulement s'échappent et parviennent jusqu'à mon sanctuaire. Couché sur une herbe épaisse, près de la chute d'un ruisseau, j'admire les variétés infinies des plantes ; je m'associe à toutes les petites créatures qui m'entourent, qui bourdonnent sur les blés, qui sautent ou rampent dans les herbes. Je sens ce souffle divin de l'être tout-puissant qui nous forma tous : de l'être adorable, dont l'amour éternel nous soutient et nous conserve. Alors, mon ami, quand mes yeux s'obscurcissent, quand le ciel et la terre réunis reposent dans mon âme et s'y concentrent, ainsi que l'image d'une femme adorée, je rentre en moi-même et je me dis : Ah ! si tu pouvais exprimer, si tu pouvais peindre ces grandes images avec la même chaleur, la même énergie qu'elles sont dans ton âme, et qu'elles y retracent l'être infini ! Mon ami !... mais le sublime de ces images me confond et m'écrase.

LETTRE III.

Le 12 mai.

Des esprits enchanteurs voltigent sur mes pas, et la plus vive imagination subjugue mes sens et remplit mon cœur. Autour de moi tout est paradis. Près d'ici est une fontaine, à laquelle je suis attaché par enchantement, comme Mélusine et ses sœurs. Après avoir descendu une petite colline, on se trouve devant une voûte, où on parvient par une

vingtaine de marches : c'est là que sort des rochers une eau claire et
pure ; le petit mur qui l'entoure, les hauts arbres qui la couronnent, la
fraîcheur de ces lieux, tout a quelque chose d'intéressant, d'agréable et
d'auguste. Il n'y a point de jours que je ne visite cette fontaine, et que
je n'y passe près d'une heure. Les jeunes filles de la ville viennent y pui-
ser de l'eau, occupation la plus innocente et la plus nécessaire, qui fut
autrefois celle des filles des rois. Alors les images des temps des patriarches se retracent vivement devant moi ; je vois mes ancêtres se recon-
naître ; conclure des alliances et des mariages aux bords des fontaines,
tandis que des génies bienfaisans voltigent autour d'eux. Mon ami, celui
qui ne partage pas ces sensations, n'a jamais goûté le frais au bord d'une
fontaine, après une longue marche d'été.

LETTRE IV.

Le 13 mai.

Tu m'offres de m'envoyer mes livres, je n'en veux point : au nom de
Dieu, ne les envoie pas ; je ne veux plus être conduit, excité, échauffé.
Ah ! mon cœur n'est que trop agité par lui-même ; il me faut des chants
qui me bercent, et mon Homère m'en fournit assez. Combien de fois
n'ai-je pas cherché à calmer un sang qui bouillonne, à fixer un cœur
dont les mouvemens sont trop vifs et trop peu réglés ? Mais à qui parlé-je
de mon cœur ? trop souvent tu m'as vu à regret passer de la douleur à
des transports de joie, d'une douce mélancolie à des passions vives et
dangereuses. Mon cœur est un enfant malade ; aussi je lui laisse faire ses
volontés. Que cela soit dit entre nous, on pourrait m'en blâmer.

LETTRE V.

Le 15 mai.

Les gens du peuple ici me connaissent, et m'aiment déjà, surtout les
enfans. Au commencement, quand je m'approchais, quand je leur faisais
avec amitié quelques questions, ils pensaient que je voulais me moquer
d'eux, et me répondaient grossièrement. Je ne me suis point rebuté
pour cela, mais j'ai senti vivement la vérité d'une observation que
j'avais déjà faite : les personnes de condition supérieure se tiennent toujours à une grande distance du peuple, comme s'ils pouvaient perdre de
leur dignité en s'approchant. Il n'y a que quelques étourdis ou mauvais
plaisans, qui feignent de descendre jusqu'à eux, pour les mieux accabler
ensuite de méchantes plaisanteries et de mépris.

Je sais que nous ne sommes pas égaux, que nous ne pouvons pas l'être :
mais celui qui, pour se concilier le respect, s'écarte du peuple, est à mes
yeux un poltron qui se cache crainte de succomber sous son adversaire.

La dernière fois que je fus à la fontaine, je trouvai une jeune servante
qui avait posé son vase sur la dernière marche, et attendait que quelqu'une de ses compagnes vînt lui aider à le placer sur sa tête. — Voulez-
vous que je vous aide, ma belle enfant ? lui dis-je. — Ah ! non, monsieur, me répondit-elle, aussi rouge que l'écarlate. — Sans façon. Elle
arrangea son coussinet, je lui aidai à poser son vase, elle me remercia
et remonta les degrés.

LETTRE VI.

Le 17 mai.

J'ai fait beaucoup de connaissances, je n'ai point encore de sociétés. Je ne sais ce que je puis avoir d'attirant pour les habitans de cette ville, mais ils me joignent, ils s'attachent à moi, et je suis fâché alors que nous puissions faire si peu de chemin ensemble. Tu me demandes comment sont les gens ici, mon ami? comme partout ailleurs. Le genre humain est fort uniforme. La plupart des hommes emploient presque tout leur temps à travailler pour vivre; et, le peu qui leur reste de liberté leur est si fort à charge, qu'ils font tout ce qu'ils peuvent pour s'en débarrasser. Qu'est-ce que le sort de l'homme?

Mais il y a une sorte de gens bons et aimables avec lesquels je m'oublie souvent, avec lesquels je goûte des plaisirs naturels à l'homme. S'égayer en toute ouverture et franchise de cœur, autour d'une table proprement servie, faire une promenade, un petit bal à propos, et autres amusemens semblables, en leur compagnie, produit un très bon effet sur moi; mais il ne faut pas que je pense alors aux autres qualités qui sont en moi, qui s'endorment inutilement, et que je dois même leur cacher avec soin. Ah! cette idée rétrécit le cœur! et cependant, mon ami, le sort de ceux qui nous ressemblent est d'être méconnus.

Pourquoi n'est-elle plus l'amie de ma jeunesse, ou pourquoi l'ai-je jamais connue? Je pourrais me dire : — Tu es un insensé, tu cherches ce qu'il est impossible de trouver! Mais, je l'avais trouvée : j'ai sondé ce cœur, j'ai connu cette âme sublime devant laquelle je paraissais plus grand, parce que j'étais tout ce que je pouvais être. Là tous les ressorts de mon âme étaient tendus, là je développais ce sentiment profond que la nature grava dans mon cœur. Quels entretiens que les nôtres! le sentiment le plus pur embrasait nos âmes; nos idées et nos expressions étaient celles du génie, et maintenant... Mais elle m'avait devancé dans la carrière; elle est partie, elle m'a laissé seul. Sa mémoire sera toujours chère à mon cœur; ah! je n'oublierai jamais la force de son âme et l'indulgence de son caractère!

J'ai fait ici, il y a quelques jours, la rencontre d'un M. V..., jeune homme prévenant et d'une physionomie très heureuse. Il arrive de l'université, ne se croit pas un sage, mais se croit cependant plus habile que bien d'autres. Aussi me paraît-il avoir été fort appliqué et a-t-il de belles connaissances. Ayant appris que je dessinais beaucoup, et que je savais le grec, deux choses fort étranges pour ce pays-ci, il est accouru chez moi et m'a déployé toute sa belle littérature, de Batteux jusqu'à Wood, de Depiles jusqu'à Vinkelmann; m'a assuré avoir lu en entier la première partie de la théorie de Sulzer, et posséder un manuscrit de Heyne sur l'étude de l'antique. Je lui ai passé tout cela.

J'ai fait encore la connaissance d'un très brave homme, le bailli du prince : il est d'un caractère franc et sociable; on dit que rien n'est plus intéressant que de le voir au milieu de sa famille. Il a neuf enfans; on parle surtout beaucoup de sa fille aînée. Il m'a invité à aller chez lui, et je le ferai au premier jour. Il est à une lieue et demie d'ici, dans une maison de chasse du prince, qui lui a permis de l'occuper; il ne pouvait plus souffrir la maison du bailliage, après y avoir perdu sa femme qu'il chérissait.

Outre cela, quelques originaux se sont fourrés sur mon chemin : tout en eux est insupportable ; mais le plus insupportable encore, c'est leurs démonstrations d'amitié. Adieu. Voilà une letltre qui te plaira : elle est tout historique.

LETTRE VII.

Le 22 mai.

La vie n'est qu'un songe : telle est l'idée de bien des hommes ; telle est aussi la mienne. Quand je vois le cercle étroit qui renferme les forces pénétrantes et actives de l'homme ; quand je vois que toute leur énergie se consume à satisfaire des besoins, dont l'unique but est de prolonger une misérable exis ence ; que, d'un autre côté, notre tranquillité sur certains points de recherche n'est qu'une résignation aveugle, et que nous nous amusons à peindre les murs de nos prisons de brillantes figures et de rians paysages, tandis que le cercle qui nous entoure frappe nos yeux de tous côtés, je me tais, mon cher ami, je rentre en moi-même ; et qu'est-ce que j'y trouve ? plus aussi de désirs vagues, de pressentimens, et de songes, que de clarté, de vérité et de vie. Tout alors n'est pour moi qu'un tourbillon, où je me laisse emporter en rêvant avec les autres.

Tous les graves instituteurs, tous les savans maîtres d'école conviennent que les enfans ignorent pourquoi ils veulent ; mais les grands enfans errent sur ce globe sans savoir. non plus que les petits, d'où ils viennent et où ils vont. sans régler leur marche par de vrais motifs ; et qu'ils soient conduits tout comme eux par des gâteaux, des biscuits et des verges, c'est ce que personne n'aime à croire, et il me semble cependant que la chose saute aux yeux.

J'avouerai, car je prévois ce que tu pourras me dire là-dessus, que les plus heureux d'entre les hommes sont ceux qui, ainsi que les enfans, vivent au jour la journée, portant leurs poupées dans leurs bras, les habillent, les déshabillent, rampent avec grand respect autour de l'armoire où maman réserve les sucreries ; et, quand enfin ils en obtiennent, les dévorent, et crient pour en avoir davantage. Ce sont, sans doute, d'heureuses créatures. Ceux-là aussi sont fortunés, qui donnent des titres pompeux à leurs occupations puériles. souvent même à leurs passions, et qui se peignent au genre humain comme des géans occupés de son bonheur et de sa gloire. Heureux celui qui peut être tel ! Mais l'homme qui reconnaît humblement le néant de toutes ces choses, qui voit avec quel plaisir le bourgeois aisé transforme son jardin en paradis. avec quelle tranquillité le pauvre porte son fardeau, et que tous désirent également de voir une minute de plus la lumière du soleil, celui-là est tranquille. il se crée un monde à lui-même, et il est heureux aussi parce qu'il est homme. Mais, quelque borné que soit son cercle, il conserve toujours dans son sein le sentiment de la liberté. et l'idée qu'il est le maître de sortir de sa prison.

LETTRE VIII.

Le 26 mai.

Tu connais ma manière de me choisir une petite place favorite. où je m'arrange et je m'établis : eh bien ! j'en ai trouvé une ici, qui me convier.t tout à fait.

A une lieue de la ville. est un endroit qui se nomme Walheim. Sa situation sur une col'ine, est tout à fait intéressante; et lorsqu'on sort du village par le sentier, on découvre d'un coup d'œil toute la plaine. Vous trouvez là, chez une bonne vieille femme gaie encore pour son âge, du vin, de la bière et du café; mais ce qui vaut bien mieux que tout cela, ce sont deux tilleuls qui étendent devant l'église leurs rameaux sur une petite place entourée de maisons de paysans et de granges. J'ai rencontré peu d'endroits plus tranquilles et plus retirés; aussi j'y fais apporter du cabaret ma petite table et une chaise, et j'y prends mon café en lisant mon Homère. La première fois que je fis par hasard cette découverte, c'était une belle après-dîner; la tranquillité y régnait, tout était aux champs; seulement un petit garçon de quatre ans était assis à terre et tenait entre ses jambes un petit enfant de six mois qu'il pressait de ses petits bras contre son sein, en lui formant ainsi une espèce de fauteuil. Malgré la vivacité qui pétillait dans ses yeux noirs, il était fort tranquille. Charmé de cette vue, je m'assis sur une charrue vis-à-vis, et je pris grand plaisir à dessiner cette situation fraternelle; j'y ajoutai un bout de haie, une porte de grange, et quelques roues de chariots brisées, comme tout cela était, pêle-mêle; et je trouvai au bout d'une heure que j'avais fait un dessin très bien ordonné, très intéressant, sans y avoir rien mis du mien. Cela m'a confirmé dans ma résolution de m'en tenir à l'avenir à la nature. Elle seule est infiniment riche, elle seule forme les grands artistes. Ce qu'on avance en faveur des règles revient assez à ce qu'on dit à l'avantage des lois de la société. Un artiste, qui se forme d'après elles, ne fera jamais rien d'absolument mauvais et de rebutant; tout comme celui qui suit les lois et les bienséances, ne sera jamais un voisin insupportable ni un scélérat décidé. Mais, d'un autre côté, l'on me dira tout ce qu'on voudra, les règles altèrent le vrai trait et la pure expression de la nature. Cela est outré, me répondras tu; les règles ne font qu'émonder les rameaux superflus, fixer des bornes convenables. Mon ami, comparons les talens à l'amour. Un jeune homme est attaché à une jeune fille, lui consacre toutes les heures de sa journée, prodigue toutes ses forces, tous ses revenus, pour lui prouver à chaque minute qu'il s'est donné tout entier à elle. Arrive un homme froidement sensé, un homme revêtu d'une charge publique, et cet homme grave lui dit : « Mon jeune ami, l'amour est une passion naturelle, mais on doit la retenir dans de justes bornes; partagez vos heures, donnez les unes au travail, les autres à votre maîtresse; calculez avec soin vos revenus et présentez-lui seulement quelque chose de votre superflu, et cela de temps en temps, à son jour de naissance, ou dans quelques solennités semblables. » Si le jeune homme suit cet avis, il pourra être utile à la société; je le recommanderais même volontiers à tout prince qui voudrait l'employer; mais son amour... il est éteint; et s'il est artiste, son talent s'est évanoui. Oh! mon ami, sais-tu pourquoi le torrent du génie est si resserré dans son cours? pourquoi il n'élève pas ses flots impétueux pour ébranler nos âmes étonnées? C'est que les hommes petits et froids se sont arrangés sur les deux bords; c'est qu'ils ont construit de petites maisons de campagne, qu'ils ont formé des parterres et des potagers: ils tremblent pour leurs petits établissemens, ils creusent des canaux, ils opposent des digues au danger qui les menace.

LETTRE IX.

Le 27 mai.

Je vois que je me suis jeté dans des comparaisons et déclamations, **et**
que mon enthousiasme m'a fait oublier de t'achever mon récit. Enseveli
dans des idées de peinture que je t'ai montrées très décousues dans **ma**
dernière lettre, je restai deux heures assis sur ma charrue. Vers le soir,
une jeune femme accourut aux enfans, qui ne s'étaient point remués
pendant tout ce temps-là: elle avait une petite corbeille au bras, et **se**
mit à crier : — Philippe, tu es un bon garçon. Nous nous saluâmes : **je**
me levai, m'approchai d'elle, et lui demandai si elle était la mère de **ces**
jolis enfans; elle me répondit qu'oui, présenta un petit gâteau au **plus**
grand, prit le petit entre ses bras et lui donna un baiser de mère tendre.
— J'ai, dit-elle, remis le petit à garder à mon Philippe, et je suis allée **en**
ville, avec le plus grand, chercher du pain blanc, du sucre, et un pot **de**
terre pour faire le soir une petite soupe à Jeannot. L'aîné me cassa **hier**
mon petit pot en se chicanant avec Philippe pour la bouilie. Je demandai
où était l'aîné : comme elle me disait qu'il amenait deux oies, il arriva
en sautant, et donna à Philippe une petite baguette de coudrier. Je continuai à m'entretenir avec la mère. Elle m'apprit qu'elle était fille **du**
maître d'école, et que son mari était allé en Hollande recueillir l'héritage
d'un oncle. — On a voulu lui faire tort, poursuivit elle ; ils ne répondaient
point à ses lettres. Il y est allé lui-même : je n'ai pas de ses nouvelles;
Dieu veuille qu'il ne lui soit point arrivé d'accident ! Je quittai cette
bonne femme à regret : je donnai un creutzer à chacun des enfans et **un**
autre à la mère, pour acheter du pain blanc au petit, la première **fois**
qu'elle irait en ville, et nous nous séparâmes ainsi.

Oui, mon cher ami ; quand je ne suis plus maître de mes sens, rien
n'apaise mieux leur tumulte que la vue d'une créature tranquille, **qui**
passe dans une heureuse indifférence le cercle étroit de son existence,
fait succéder sans trouble un jour à l'autre, et voit tomber les feuilles
sans autre idée que celle de l'approche de l'hiver.

Depuis ce jour-là, je vais souvent au même endroit ; les enfans **sont**
tout à fait accoutumés à moi ; ils ont du sucre quand je prends mon café,
et le soir ils partagent avec moi mon pain, mon beurre et mon petit lait.
Leur creutzer ne leur manque jamais le dimanche ; et si je ne suis **pas**
à après la prière, la maîtresse du cabaret a ordre de faire la petite dis-
tribution.

Ils sont familiers, me racontent tout ce qu'ils savent, et je m'amuse
beaucoup de leur simplicité naïve.

J'ai eu bien de la peine à tranquilliser la mère, qui leur criait **sans**
cesse : — Vous incommoderez le monsieur !

LETTRE X.

Le 16 juin.

Pourquoi je ne t'écris point? Quoi! tu le demandes, et tu es **aussi**
entre les savans ? Ne devrais-tu pas deviner que je me porte bien, **mais**
que... En deux mots, j'ai rencontré une personne qui est plus près **de**
mon cœur? J'ai... je ne sais ce que j'ai.

Te raconter en ordre comment j'ai appris à connaître une des **femmes** les plus aimables serait difficile : je suis satisfait, je suis heureux, et par conséquent mauvais historien.

Un ange! Fi! diras-tu. Voilà ce que chacun dit de la femme qu'il aime; et cependant je ne puis t'exprimer comment elle est parfaite, pourquoi elle est parfaite : elle a captivé tous mes sens.

Tant de simplicité avec tant de raison, tant de bonté avec tant de vivacité, et l'âme la plus tranquille au milieu d'une vie fort active!

Tout ce que je dis là n'est qu'un pur bavardage, de simples abstractions qui ne rendent pas un seul de ses traits. Une autre fois... Non, maintenant ou jamais; car, soit dit entre nous, depuis que j'ai commencé à écrire, j'ai déjà été trois fois sur le point de jeter ma plume et d'y voler; et j'ai juré ce matin de ne point y aller, et je cours à tout moment à la fenêtre voir si le soleil est encore haut.

Je n'ai pu y tenir, j'y suis allé. Me voici de retour, mon cher ami, et, tout en mangeant ma beurrée, je vais t'écrire. Qu'il est touchant de la voir au milieu de sa petite famille!

Si je continue sur ce ton-là, tu en sauras autant à la fin qu'au commencement. Écoute donc; je vais faire tous mes efforts pour mettre de l'ordre dans mon récit et te donner bien des détails.

Je t'ai écrit dernièrement que j'avais fait connaissance avec le bailli S., et qu'il m'avait invité à l'aller voir dans sa solitude, ou plutôt dans son petit royaume; je négligeai de le faire, et je n'y aurais peut-être jamais été si le hasard ne m'avait fait connaître le trésor caché dans cette retraite.

Nos jeunes gens avaient arrangé une partie de danse à la campagne; je m'y étais joint avec plaisir. Je choisis pour ma compagne une fille jolie, d'un bon caractère, mais qui n'avait d'ailleurs rien de bien piquant, et il fut décidé que je prendrais un carrosse et qu'avec ma compagne et sa tante je passerais chez Charlotte pour la conduire au bal. — Vous verrez une charmante fille, me dit la demoiselle quand nous entrâmes dans la belle allée qui conduit à la maison de chasse. — Prenez garde, ajouta la tante, d'en tomber amoureux. — Pourquoi cela? — Elle est déjà promise à un très galant homme, qui est parti pour mettre ordre à ses affaires à la mort de son père et se procurer un emploi considérable. Cette nouvelle me parut fort indifférente. Lorsque nous arrivâmes à la porte de la cour, le soleil s'approchait des montagnes, l'air était fort pesant; des nuages d'un gris jaunâtre et chargés se rassemblaient autour de l'horizon; les femmes étaient inquiètes : je prévoyais moi-même que notre fête recevrait un échec; mais, pour les rassurer, je faisais l'entendu et leur promettais du beau temps.

Je descendis de carrosse : une servante vint nous prier d'attendre un instant sa maîtresse. Je traversai la cour, montai l'escalier, et en entrant dans l'appartement je vis six enfans, dont le plus âgé n'avait qu'onze ans, qui s'agitaient autour d'une jeune fille bien faite, vêtue d'une simple robe blanche avec des nœuds de rubans d'un rouge pâle : elle tenait un pain bis à la main, leur coupait des tranches de pain et de beurre en proportion de leur âge et de leur appétit, et les leur distribuait d'un air tendre et gracieux. Chacun de ces enfans, après avoir tenu ses petites mains en l'air long-temps avant que la tranche fût coupée, la remerciait et courait à la porte plus ou moins vite pour voir les étrangers et le carrosse qui devait emmener leur Charlotte.

— Je vous demande pardon, dit-elle, de vous avoir donné la peine
de monter, et je suis fâchée de faire attendre ces dames; mais mon
habillement et quelques arrangemens domestiques m'ont fait oublier de
donner à goûter à mes enfans, et ils ne veulent le recevoir que de moi.
Je lui balbutiai quelque chose; mon âme entière était attachée à son air,
à son ton, à ses manières, et je commençais à me remettre de ma surprise, quand elle courut dans sa chambre prendre ses gants et son éven-
tail. Pendant ce temps-là, les petits me regardaient de côté à quelque
distance. Je courus au plus jeune, enfant d'une charmante physionomie :
il reculait, lorsque Charlotte rentra, disant : — Louis, donne ta main au
cousin. Le petit me la présenta du meilleur cœur du monde, et, quoiqu'il fût un peu baveux, je ne pus m'empêcher de lui donner un baiser.
— Cousine, dis-je à l'aimable Charlotte en la conduisant, me croyez-
vous digne d'avoir le bonheur de vous appartenir? — Oh ! me répondit-
elle d'un air malin, j'ai tant de cousins; je serais fâchée si vous étiez le
pire de la bande. En partant, elle recommanda à Sophie, fille de onze
ans, la plus âgée après elle, d'avoir bien soin des enfans, et de saluer le
papa quand il viendrait de la promenade; elle dit aux petits d'obéir à sa
sœur tout comme si c'était elle-même : quelques uns le promirent posi-
tivement. Une petite blondine de six ans, qui avait l'air mutin, se mit à
dire : — Tu n'es point Charlotte ; Charlotte, nous t'aimons mieux. Les
deux aînés des garçons étaient pendant ce temps-là montés derrière le
carrosse, et, à ma prière, elle leur permit d'y rester jusqu'à la sortie du
bois, à condition qu'ils se tinssent bien ferme.

A peine étions-nous arrangés dans la voiture, avait-on fait quelques
observations sur l'ajustement, surtout sur les petits chapeaux, et passé
en revue la compagnie qu'ils devaient rencontrer, que Charlotte fit arrêter
et descendre ses frères. Ils voulurent encore lui baiser la main, ce que
fit l'aîné avec la tendre attention qu'aurait eue un jeune homme de quinze
ans, et le cadet avec beaucoup de vivacité. Elle les chargea de faire encore ses amitiés aux autres enfans, et nous partîmes.

La tante lui demanda si elle avait lu le livre qu'elle lui avait dernièrement envoyé. — Non, dit-elle, j'aurai l'honneur de vous le rendre; je
n'en suis pas contente, non plus que du premier. Quelle fut ma surprise
quand, ayant demandé le titre des livres, elle me dit que c'était... Je
trouvais tant de pénétration et de jugement dans tout ce qu'elle disait!
et à chaque expression je voyais briller dans ses traits de nouveaux
charmes, de nouveaux rayons de génie qui se développaient à mesure
qu'elle était entendue.

— Quand j'étais plus jeune, ajouta-t-elle, je n'aimais rien tant que les
romans. Dieu sait comme j'étais heureuse, lorsqu'assise dans un coin je
partageais de toute mon âme les plaisirs et les peines d'une miss Jenny!
J'avoue que ce genre de lecture a encore des charmes pour moi; mais,
comme je lis peu, il faut que les livres soient conformes à mon goût. Je
préfère l'auteur qui ne m'écarte point trop de ma situation, où je retrouve ceux qui m'entourent, où je me retrouve moi-même, et dont la
relation est aussi intéressante, aussi touchante que la vie que je mène
au sein de ma famille; situation qui, sans être en paradis, est pour moi
une source de contentement et de délices.

J'essayai de cacher l'émotion que me causèrent ces dernières paroles,
cela ne dura guère; car, ayant parlé avec la même vérité du vicaire de

Wackefield, de... je n'y pus plus tenir, et je me mis à lui débiter avec chaleur tout ce que je pensais sur ce sujet. Enfin, au bout de quelque temps, Charlotte s'étant adressée aux deux autres dames, je m'aperçus qu'elles étaient là. La tante me regarda plus d'une fois avec un air railleur dont je me mis fort peu en peine.

On parla de danse.—Si c'est une faute d'aimer la danse, dit elle. j'avoue franchement que je suis bien coupable ; il n'est pas de plaisir plus agréable pour moi. Ai-je quelque chagrin? je cours à mon clavecin, je joue une contredanse, tout est oublié.

Tu me connais : tu me vois, pendant qu'elle parlait, mes yeux fixés sur ses beaux yeux noirs, mon âme attachée à son âme, et tout entier aux idées, entendant à peine les expressions. Enfin je sortis de ce carrosse comme un homme qui rêve, et je me trouvai dans la salle sans savoir comment j'y étais entré.

On débuta par des menuets. Je pris une dame après l'autre ; précisément les plus désagréables ne pouvaient se déterminer à donner les mains et à finir. Charlotte et son danseur commencèrent une contredanse anglaise. Juge quel fut mon ravissement lorsqu'elle vint faire la figure avec nous ! Il faut voir danser Charlotte ; tout son cœur, toute son âme étaient là. Entière à la danse, il n'y a que cela pour elle au monde , et toute sa figure n'est que légèreté, harmonie et grâce.

Je la priai de danser avec moi la seconde contredanse, elle me promit pour la troisième, et m'assura en même temps, avec la plus aimable franchise, qu'elle aimait fort les allemandes. — C'est la coutume ici, dit-elle, que chaque couple danse les allemandes ensemble ; mais mon danseur valse fort mal, et il sera charmé si je lui en évite la peine ; votre dame est dans le même cas ; j'ai vu à l'anglaise que vous valsez bien ; ainsi, si vous voulez danser les allemandes avec moi, proposz-le à mon cavalier, je le dirai à votre dame. Nous allâmes arranger l'affaire, et il fut décidé que, pendant ce temps-là, son cavalier aurait soin de la dame.

Nous commençâmes, et nous nous amusâmes d'abord à faire tous les tours de bras possibles ; que ces mouvemens sont gracieux et vifs! Quand nous vînmes à valser, d'abord ces petits tourbillons se heurtaient beaucoup les uns les autres ; nous fûmes sages, nous nous tînmes à l'écart jusqu'à ce que les plus maladroits eussent quitté la place ; alors nous nous mîmes en train, nous n'étions plus que deux couples : je n'ai de ma vie été si léger ; je n'étais plus un homme. Tenir entre ses bras la plus charmante des femmes, voler avec elle comme le vent, perdre la vue de tout autre objet !... Mais, je te l'avoue, je fis serment que la femme que j'aimerais, sur qui j'aurais des droits, ne valserait jamais avec un autre homme. Tu m'entends, mon ami.

Nous fîmes quelques tours de salle pour reprendre haleine. Après cela, elle s'assit, et je lui apportai pour la rafraîchir des tranches de citron, les seules qui restassent, que j'avais escamotées à ceux qui faisaient le punch ; elle en mangea avec du sucre, et cela lui fit grand bien : mais j'étais forcé, par civilité, d'en présenter aussi à sa voisine, et cette femme avait l'indiscrétion d'en prendre.

Nous fûmes la seconde paire à la troisième contredanse anglaise : comme nous descendions et que Dieu sait dans quelle extase, je fixais ses yeux et ses bras, où se développaient les impressions d'un plaisir pur et vif, nous vînmes à une femme d'un certain âge, mais dont l'agréable physionomie m'avait déjà frappé. Elle fixa Charlotte en riant, leva un doigt comme par menace, et, d'un air fort significatif, prononça **deux** fois le nom d'Albert.

— Qui est cet Albert, dis-je à Charlotte; si je ne suis pas trop curieux? Elle allait me répondre, quand nous fûmes obligés de nous séparer pour faire le grand huit; et, en croisant, je crus apercevoir en elle un air de réflexion. — Pourquoi vous le cacherais-je? me dit-elle en me donnant la main pour la promenade. Albert est un galant homme à qui je suis promise. Les dames me l'avaient déjà dit dans le carrosse; mais je ne l'avais pas vue alors; je ne savais pas tout ce qu'elle valait; je crus l'entendre pour la première fois: je me troublai, je m'oubliai, je manquai la figure, je mis tout en confusion; et Charlotte, à force de s'agiter, de pousser, de tirer, eut de la peine à rétablir l'ordre.

On dansait encore, lorsque les éclairs, qui paraissaient depuis longtemps sur l'horizon, et que j'avais toujours assuré n'être que des éclairs de chaleur, devinrent beaucoup plus perçans, et que le tonnerre se fit entendre par dessus les violons. Trois femmes s'échappèrent de la contredanse, leurs cavaliers les suivirent, le désordre devint général, et les violons cessèrent. Lorsqu'un sujet de tristesse ou d'effroi nous surprend au milieu des plaisirs, il fait sur nous un bien plus fort effet, soit que le contraste se fasse sentir plus vivement, soit que nos sens, étant ouverts à toutes sortes d'impressions, en reçoivent l'empreinte avec plus de promptitude et d'énergie. C'est à ces raisons qu'il faut attribuer les grimaces extraordinaires de la plupart de nos femmes. L'une des plus sages s'assit le dos tourné contre les fenêtres, et se bouchant les oreilles; une autre se mit à genoux devant elle, et cachait sa tête dans ses jupes; une troisième se fourra entre elles deux, et embrassait sa petite sœur en répandant un torrent de larmes; quelques unes voulaient absolument retourner chez elles; d'autres, plus troublées encore, ne songeaient pas à repousser nos jeunes étourdis, qui recueillaient de dessus leurs lèvres des soupirs destinés au ciel. Quelques uns de nos messieurs descendirent pour fumer tranquillement leurs pipes, et le reste de la compagnie suivit volontiers l'hôtesse, qui eut l'esprit de nous conduire dans une chambre bien fermée par des volets. Dès que nous fûmes entrés, Charlotte s'empressa à arranger les chaises en cercle, à nous faire asseoir, et à mettre quelque petit jeu en train.

Je vis plus d'une de nos belles qui, dans l'espérance de quelque suite agréable du gage touché, se rengorgeait et pinçait la bouche. — Jouons aux nombres, dit Charlotte: prenez garde! j'irai en rond, de la droite à la gauche; que chacun à mesure nomme le nombre qui suit, et que cela aille vite: qui s'arrêtera ou se trompera recevra un soufflet, et ainsi jusqu'à mille. C'était un spectacle très plaisant; elle se mit à parcourir le cercle, un bras levé. Un, dit le premier; deux, le second; le troisième, trois, et ainsi de suite: alors elle se mit à aller plus vite, et toujours plus vite. Un se trompa; paf, un soufflet! le suivant se mit à rire, au lieu de dire son nombre; paf, un autre soufflet! et toujours plus vite. J'en reçus deux pour ma part: il me sembla qu'ils étaient plus forts que les autres; j'en fus charmé. Un rire et une confusion générale mirent fin au jeu avant qu'on fût arrivé au mille. L'orage passa, on s'arrangea par petites troupes. Charlotte rentra dans la salle, et je la suivis; elle me dit en chemin: — Les soufflets leur ont fait oublier leur peur; j'étais une des plus craintives ; mais en faisant la brave pour redonner courage aux autres, j'en ai pris moi-même. Nous nous approchâmes de la fenêtre, le tonnerre grondait encore dans l'éloignement ; une pluie douce arrosait les champs, et nous renvoyait une odeur rafraîchissante et délicieuse. Appuyée sur le coude, elle fixa ses yeux sur la campagne, les porta vers le ciel, et les rabaissa sur moi, ils étaient humides, elle posa sa main sur la mienne et dit : — Klopstock ! Je pliai sous le poids des sensations que j'éprouvais ; j'y succombai ; je me baissai sur sa main, je la mouillai de mes larmes ; je fixai mes yeux en me relevant. — Divin Klopstock ! pourquoi n'as-tu pas vu ton apothéose dans ce coup d'œil, et pourquoi ton nom, si souvent profané, est-il prononcé par une autre bouche que celle de Charlotte !

LETTRE XI.

Le 19 juin.

Où en est restée ma narration ? je n'en sais plus rien ; ce que je sais, c'est qu'il était deux heures de la nuit quand je me couchai, et que, si j'avais pu te parler au lieu de t'écrire, je t'aurais sans doute tenu jusqu'au jour.

Je ne t'ai point raconté encore ce qui se passa en revenant du bal ; je n'en ai pas non plus le temps aujourd'hui.

C'était le plus beau lever du soleil, toute la campagne était rafraîchie, l'eau découlait goutte à goutte des arbres de la forêt.

Nos compagnes sommeillaient ; elle me demanda si je ne voulais pas en faire autant, et me pria de ne point me gêner pour elle. Je la fixai.— Aussi long-temps que ces yeux seront ouverts, aussi long-temps il n'y a point de sommeil pour moi. Et nous restâmes éveillés jusqu'à sa porte, que la servante vint ouvrir doucement en répondant à ses questions, que tout le monde se portait bien et reposait encore. Je la quittai, en lui promettant de la revoir dans la journée, et j'ai tenu ma parole ; et depuis ce temps-là, soleil, lune, étoiles peuvent aller comme il leur semblera bon ; je ne sais s'il est jour, je ne sais s'il est nuit, le monde entier n'est plus rien pour moi.

LETTRE XII.

Le 21 juin.

Je passe des jours aussi heureux que ceux que Dieu réserve à ses élus ; et quel que puisse être mon sort dans la suite, je ne dirai point que je n'ai pas joui des plaisirs les plus purs de la vie. Tu connais mon Walheim ; m'y voici entièrement établi : là je ne suis qu'à une demi-lieue de Charlotte, là je jouis de moi-même, et de tout le bonheur que peut goûter un mortel.

Quand je choisis Walheim pour le but de mes promenades, je ne pensais guère que ce séjour fût si près du ciel. Combien de fois, dans mes longues excursions, n'ai-je pas vu cette maison de chasse qui renferme maintenant tous mes vœux, tantôt du haut de la montagne, tantôt de l'autre côté de la rivière, dans la prairie !

Mon cher ami, j'ai beaucoup médité sur le désir qu'ont les hommes de s'étendre, de faire de nouvelles découvertes, et sur le penchant intérieur qui les porte ensuite à rentrer d'eux-mêmes dans leur cercle, à se plier aux lois de l'habitude, et à ne plus s'embarrasser de ce qui se passe à droite et à gauche.

Lorsque je vins ici, et que je contemplai du haut de la colline cette belle vallée, tu ne saurais croire comme j'étais attiré par tout ce que je découvrais autour de moi... Ce joli petit bois vis-à-vis, qu'il serait doux d'être assis à son ombre ! Cette pointe de rocher, on doit y avoir la plus belle vue du monde ; cette chaîne de monts et de petits vallons resserrés, qu'il serait charmant de s'égarer là-dedans !... Je courais et je revenais sans avoir trouvé ce que j'avais espéré. Mon ami, il en est de l'éloignement comme de l'avenir ; une grosse masse obscure repose dans notre âme ; nos sensations y sont aussi confuses que les objets éloignés le sont à nos yeux, et nous désirons ardemment de sacrifier tout notre être, pour nous remplir de la volupté d'un seul sentiment noble et énergique. Et quand nous avons atteint ce but, quand ce qui était là est ici, tout est comme auparavant ; nous nous trouvons pauvres, bornés, et notre âme recommence à désirer.

C'est ainsi que le voyageur le plus opiniâtre retourne enfin dans sa patrie, et trouve dans sa cabane, entre les bras de sa compagne, dans le cercle de ses enfans et des travaux nécessaires à leur entretien, tout le bonheur qu'il avait cherché en vain dans les vastes solitudes du monde.

Quand, au lever du soleil, je vais à mon Walheim, que j'entre dans le jardin de l'hôtesse, cueille moi-même mes pois, et m'assieds dans un coin pour les éplucher, en lisant Homère ; quand ensuite j'entre dans la petite cuisine pour y faire mon potage, je me représente très vivement les illustres amans de Pénélope, assommant eux-mêmes leurs bœufs et leurs porcs, les dépeçant et les rôtissant. Rien n'excite en moi un sentiment plus pur et plus doux que les traits de la vie des patriarches, que je puis maintenant, grâce à Dieu, comparer à la mienne.

Qu'il est heureux pour moi que mon cœur puisse sentir le bonheur simple et innocent de l'homme qui voit sur sa table le chou qu'il a élevé ; qui, non seulement, jouit de son légume, mais encore, et au même instant, du souvenir de la belle matinée dans laquelle il le planta, des douces soirées où il l'arrosa, et du plaisir qu'il eut de le voir croître et prospérer !

LETTRE XIII.

Le 29 juin.

Avant-hier le médecin de la ville vint faire une visite au bailli : il me trouva à terre, jouant avec les enfans de Charlotte ; nous nous chatouillions, nous houspillions et faisions grand tapage. Ce docteur est très affecté et très solennel ; tout en discourant, il rajuste les plis de ses manches, et tire son jabot jusqu'au bout de son menton. Il trouva cette conduite fort au dessous de la dignité de l'homme ; je m'en aperçus à sa mine : je n'en continuai pas moins, tandis qu'il dissertait, à rebâtir les châteaux de cartes que les enfans avaient détruits. Il ne manqua pas de dire à tout le monde, à son retour en ville, que les enfans du bailli étaient déjà assez gâtés, mais que Werther les perdait tout à fait.

Oui, mon ami, les enfans sont les êtres qui touchent mon cœur de plus près. Quand je les examine, quand j'observe dans ces petites créatures le germe des vertus et des qualités qui leur seront un jour si nécessaires ; quand je vois dans l'opiniâtreté toute la fermeté et la constance à venir d'un grand caractère ; dans la multi crie, la légèreté et la gaîté d'humeur propr s à f..ire g isser sur les d ngers et les ma heurs de la vie, et tout cela pur et entier, a ors je me appelle les paro es divines u précepteur du genre humain : *Si vous ne deveniez comme un de ceux-ci.* Eh bien ! mon ami, ces enfans, qui sont nos semblables, que nous devrions regarder comme nos modèles , nous les traitons en sujets : ils ne doivent point avoir de volonté ! N en avons-nous donc point nou--mèmes? et d'où nous vient ce droit exclusif? De ce que nous sommes plus âgés et plus habiles. Bon Dieu ! du haut de ta gloire, tu vois de vieux enfans, de jeunes enfans, et rien de plus ; et ton fils a déjà n mmé, il y a long-temps, ceux a xquels tu donnes la préférence. Mais ce qui est aussi déclaré depuis long-temps, ils croient en lui , et ne l'écout nt point ; ils font leurs en ans à leur image, et... Adieu, mon ami, je ne veux point bavarder là-dessus davantage.

LETTRE XIV.

Le 1er juillet.

De quelle consolation Charlotte peut être à un mal de! je le sens à mon propre cœur, qui est bien malade aussi. Elle passera quelque temps en ville chez une femme de mérit , que les méde cins ont condamnée, et qui , dans ces dern ers momens, veut avoir Charlotte auprès d'elle. J'ai été la semaine pas-ée avec elle voir le pa teur de S...., petit endroit à une lieue d'ici, dans les montagues. No s y arrivâmes à quatre heures ; la petite sœur de C arl tte l'accompagnait. Quand nous entrâmes dans l cour, qui est ombragée par deux bea x noyers, le bon vieillard était assis sur son banc. A la vue de Charlotte, il ne se souvint plus de sa vieillesse ; il oublia son bâton d'épine, et se hasarda à sa rencontre. Elle courut à lui, l'obligea de se rasseoir, s'assit à ses côtés, lui fit mille complimens de la part de son père , et caressa beaucoup le cadet de ses enfans, l'amusement de sa vieille-se, quoiqu'il fût malpropre et peu agréable. Tu aurais dû voir ses attentions pour ce bon vieillard, tu aurais dû entendre comme elle élevait la voix parce qu'il est un peu sourd, comme elle lui racontait des jeunes gens r bus es qui étaient morts au moment qu'on y pensait le moins , comme elle lui vantait l'exc llence d s eaux de Carlsahd , et louait la résolutio qu'il ava t prise d'y aller l'été prochain , et c mme ell trouvait qu'il avait bien meilleure mine que la dernière fois qu'elle l'avait vu. Pendant ce temps-là , je fais is m s civilités à la femme du pasteur. Le viei lard se ranima ; et, comme je ne pus m'empêcher de louer la beauté d s noye s qui nous donnaient une ombre si agréable, il se mit, quoique avec quelque difficulté, à nous en faire l'histoire.—Quant au plus vi ux, dit-il, nous ne savons qui l'a planté : l s uns nomment un pa teur, les autres un autre ; pour le plus jeune, qui est derrière, il est de l'âge de ma femme , il aura cinquante ans en octobre ; son père le planta le matin, et vers le soir elle vint au monde. Le père de ma femme était mon prédéce-seur ici, et je ne saur is assez vous dire combien il aimait cet arbre ; il ne m'intéresse c rtainement pas moins : c'est sous cet arbre qu ma femme était assise sur ne poutre, et tricotait, il y a vingt-cinq ans, quand j'entrai pour la première fois dans cette cour. Charlotte demanda des nouvelles de sa fille ; il dit qu'elle était allée dans la prairie avec M. Schmidt, pour voir faire les foins Puis il reprit son récit, et nous raconta comment il avait gagné les bonnes grâces de son prédécesseur et de sa fille ; comment il était devenu son vicaire, et ensuite son successeur. A peine avait-il fini ce récit, que sa demoiselle arriva avec ce M. Schmidt ; elle embrassa tendrement Charlotte. C'est une brunette vive, bien faite, piquante, très capable de faire passer le temps à un honnête homme à la campagne. Son amant, car M. Schmidt se montre d'abord comme tel, me parut bel homme, mais très renfermé ; ne voulant pas se mêler à la conversation, quelques efforts que fît Charlotte pour l'y engager ; ce qui me causa tant de peine, c'est que je m'aperçus à sa mine que ce n'était point manque d'intelligence, mais caprice et mauvaise humeur. Cela ne devint que trop clair dans la suite ; car, étant allés nous promener, comme je badinais avec la fille du pasteur, le visage de ce monsieur, qui n'était déjà pas des plus blancs, s'embrunit tellement, que Charlotte me tira par la manche pour m'avertir de cesser. Rien au monde ne m'afflige plus que de voir les hommes se tourmenter mutuellement, surtout quand les personnes à la fleur de l'âge, temps le plus propre au plaisir, passent en querelles ce peu de beaux jours, et ne sentent leur erreur que lorsqu'elle est irréparable. Cela me tenait à cœur ; et pendant la collation, le discours étant tombé sur les peines et les plaisirs de ce monde, je ne pus m'empêcher de saisir cette occasion pour me déchaîner contre l'humeur.—Nous autres hommes, dis-je, nous nous plaignons souvent d'avoir si peu d'heureux jours, et il me paraît que nous avons souvent tort de nous plaindre. Si nos cœurs étaient toujours disposés à recevoir les biens que le ciel nous envoie, nous aurions aussi assez de forces pour supporter le mal quand il survient. — Mais, dit la femme du pasteur, nous ne sommes pas les maîtres de notre humeur : combien ne dépend-elle pas du corps ? quand il est malade, l'esprit l'est aussi. — Eh bien ! continuai-je, regardons cette disposition comme une maladie, et voyons s'il n'y a point de remède. — Cela est plus raisonnable, dit Charlotte ; je crois effectivement que nous pouvons beaucoup sur nous-mêmes à cet égard. Je sais, par exemple, que, lorsque j'ai quelque inquiétude ou quelque chagrin, je cours dans le jardin, je chante quelques contredanses, et tout cela se dissipe. — C'est ce que je voulais dire, répliquai-je : il en est de l'humeur comme de la paresse. La paresse est naturelle à l'homme ; mais, si nous avons une fois la force de la surmonter, nous travaillons avec vivacité, et nous trouvons un vrai plaisir dans l'activité. La fille du pasteur m'écoutait avec attention ; et le jeune homme m'objecta qu'on n'était pas maître de soi-même, et surtout de ses sensations. — Il est question ici, lui dis-je, d'une sensation désagréable, dont chacun souhaite de se défaire ; et personne ne sait jusqu'où vont ses forces s'il ne les a essayées. Certainement un malade consulte les médecins, et ne se refuse point au régime le plus austère, aux remèdes les plus désagréables pour recouvrer sa santé. Je m'aperçus alors que le bon vieillard tendait l'oreille pour mieux entendre nos discours : j'élevai ma voix, et m'adressant à lui : — On a beaucoup prêché contre tous les péchés, dis-je ; je ne sache pas qu'on l'ait fait encore contre la mauvaise humeur. —C'est à ceux qui prêchent en ville à traiter cette matière, dit-il ; les paysans ne connaissent pas la mauvaise humeur. Cependant il n'y aurait pas de mal à le faire ici de temps en temps, ne fût-ce que pour ma femme et M. le bailli. Nous nous mîmes à rire, et lui aussi de tout son cœur ; mais il lui prit un accès de toux qui nous interrompit pour quelque temps. Le jeune homme reprit le discours. —

Vous avez donné à la mauvaise humeur le nom de péché ; cela me paraît outré. — Ce'a ne l'est pas cependant, si tout ce qui nous fait tort, et en fait aux autres, mérite ce nom. N'est-ce pas assez que nous ne puissions nous rendre mutuellement heureux ? faut-il encore nous enlever les uns aux autres la satisfaction que nos cœurs pourraient souvent goûter d'eux-mêmes ? Montrez-moi l homme qui a de l'humeur, et qui est assez honnête pour la cacher, pour en porter seul tout le poids, sans troubler les plaisirs de ceux qui l'entourent? Non, l'humeur vient plutôt d'un sentiment de notre peu de mérite, d'un mécontentement toujours lié à une envie que produit une vanité folle. Nous voyons avec chagrin des gens heureux dont le bonheur n'est pas notre ouvrage. Charlotte me regardait en riant de la chaleur avec laquelle je parlais ; et quelques larmes que j'aperçus aux yeux de la fille du pasteur m'engagèrent à continuer. — Malheur à ceux, dis je, qui se servent de l'ascendant qu'ils ont sur un cœur pour le priver du plaisir simple dont il jouirait par lui-même ! Tous les présens, toutes les complaisances du monde ne peuvent remplacer une minute ce te satisfaction qu'un tyran empoisonnerait.

Mon cœur était plen ; quelques soupirs pressaient mon âme agitée, et mes yeux se remplissaient de larmes.

— On devrait se dire tous les jours, m'écriai-je, quel bien peux-tu faire à tes amis, sinon de ne point les troubler dans leurs plaisirs, et d'augmenter un bonheur que tu partages? Quand leur âme est tourmentée par une passion violente, quand elle est déchirée par la douleur, peux-tu les soulager un instant?

Et lorsqu'enfin une maladie mortelle a atteint le malheureux être dont ta main creusa avant le temps la fosse. Lorsqu'il est étendu dans le dernier épuisement, qu'il lève au ciel un œil fixe, et que la sueur de la mort est sur son front, tu es là, devant lui, comme un criminel condamné. Tu reconnais, mais trop tard, ta faute ; tu sens ton impuissance ; tu sens avec amertume que tous tes biens, tous tes efforts ne peuvent rendre la vigueur, ne peuvent même donner un moment de consolation à ta victime infortunée.

En finissant ces mots, le souvenir d'une scène semblable à laquelle j'avais assisté pesa de tout son poids sur mon cœur ; je portai mon mouchoir à mes yeux, je me levai et quittai la compagnie. La voix de Charlotte qui m'appelait pour partir me fit rentrer en moi-même. Comme elle me gronda en chemin, comme elle me représenta que le trop grand intérêt et la chaleur que je mettais à tout m'épuiserait et abrégerait mes jours ! Oui, mon ange, je me ménagerai, je vivrai pour toi.

LETTRE XV.

Le 6 juillet.

Elle est toujours auprès de son amie mourante ; elle est toujours la même, toujours la femme la plus aimable et la plus intéressante, qui calme les douleurs et fait des heureux. Elle sortit hier au soir avec ses petites sœurs ; je le savais, j'allai à sa rencontre, et nous fîmes la promenade ensemble. Au retour, nous nous arrêtâmes à cette fontaine qui m'est si chère, et qui me l'est mille fois davantage depuis que Charlotte s'est assise sur le petit mur qui l'entoure. Je regardai autour de moi, et je me rappelai le temps où mon cœur y était isolé. Chère fontaine, dis-je à moi-même, depuis ce temps-là je n'ai respiré ta fraîcheur, et en passant près de toi souvent je ne t'ai pas seulement regardée. Je jetai les yeux sur Charlotte, et je sentis vivement tout ce que je possédais en elle.

LETTRE XVI.

Le 8 juillet.

Peut-on être aussi enfant? peut-on dépendre d'un coup d'œil? peut-on être aussi enfant? Nous avons été à Walheim : les femmes étaient en carrosse, mais elles sont descendues, et on s'est promené. Pendant la promenade, il m'a semblé que les yeux noirs de Charlotte... Mais non , je me trompais. En deux mots (car je n'en puis plus de sommeil), les femmes sont remontées en voiture ! nous étions à la portière, le jeune W....., Selstadt, Audran et moi. On causait : ces jeunes gens étaient gais et folâtres : je cherchais les yeux de Charlotte; mais ils allaient de l'un à l'autre, mais ils ne tombaient point sur moi, sur moi qui étais là immobile, et qui ne voyais qu'elle. Mon cœur lui disait mille adieux, et elle ne m'a pas regardé. Le carrosse partit, une larme s'avança sur mes paupières; mes yeux la suivirent. Je la vis qui avançait la tête hors de la portière. Hélas ! était-ce moi qu'elle regardait? Je n'en sais rien , et l'incertitude me console : peut-être. Bonsoir. Que je suis enfant!

LETTRE XVII.

Le 10 juillet

Tu devrais voir la sotte figure que je fais en compagnie quand on prononce son nom, quand on parle d'elle, surtout quand on me demande comment elle me plaît. Me plaît ! je hais à la mort cette expression. Quel original serait celui à qui Charlotte plairait, dont elle ne captiverait pas toutes les sensations, toutes les idées? Comment elle plaît! Dernièrement quelqu'un me demandait comment Ossian me plaisait !

LETTRE XVIII.

Le 13 juillet.

Non, je ne me trompe point, je lis dans ses yeux noirs que mon sort l'intéresse; oui, je le sens. Et j'en puis croire mon cœur, qu'elle, oserais-je le dire? pourrais-je prononcer ces paroles célestes? qu'elle m'aime!

Qu'elle m'aime! Ah ! comme cette idée me relève à mes propres yeux ! comme... oui, je puis te le dire, tu es fait pour le sentir, comme je m'adore depuis qu'elle m'aime.

Est-ce présomption, est-ce le sentiment du vrai? Je ne connais point l'homme qui pourrait me bannir du cœur de Charlotte; et cependant, quand elle parle d'Albert avec chaleur, avec tendresse, je suis là comme un ambitieux qu'on dépouille de ses honneurs, de ses dignités, et à qui le prince fait demander son épée.

LETTRE XIX.

Le 16 juillet.

Comme mon cœur palpite, comme mon sang bouillonne dans mes veines, quand mon doigt touche son doigt, quand nos pieds se rencontrent sous la table! je les retire avec précipitation, comme d'un brasier ardent; mais une force secrète me ramène en avant, et porte le trouble dans tous mes sens.

Son cœur innocent et libre ne sent point que ces petites marques de confiance et d'amitié font mon tourment. Quand elle pose sa main sur la mienne, dans la chaleur du discours, elle s'approche de moi, son haleine divine va jusqu'à mes lèvres, je suis comme un homme frappé de la foudre. Eh! cette confiance céleste, si j'osais jamais... tu m'entends, mon ami; non, mon cœur n'est pas assez corrompu; il est faible, très faible même; et n'est-ce pas être corrompu?

Elle est sacrée pour moi; sa présence fait taire les désirs: près d'elle je suis tout âme; elle a un air favori qu'elle joue sur le clavecin avec l'énergie qu'y mettrait un ange. Il est simple, noble et touchant. Dès qu'elle commence, soucis, troubles, peines, tout est oublié. Je comprends parfaitement, je crois, ce qu'on rapporte de la magie de la musique ancienne. Dans des momens où je me donnerais volontiers un coup de pistolet, elle joue cet air; les ténèbres de mon âme se dissipent, et je respire en liberté.

LETTRE XX.

Le 18 juillet.

Qu'est-ce que le monde pour notre cœur sans amour? une lanterne magique sans lumière. La petite lampe paraî -elle, les figures brillent sur le mur blanchi; et si l'amour, comme la lanterne magique, ne nous montre que des fantômes qui passent, toujours sommes-nous heureux lorsque, ainsi que les enfans, nous sommes hors de nous-mêmes à la vue de ces brillantes apparitions. Je ne verrai point aujourd'hui Charlotte; une compagnie que je n'ai pu éviter m'en empêche. Qu'ai-je fai? j'y ai envoyé le petit garçon qui me sert, afin d'avoir du moins auprès de moi quelqu'un qui l'eût approchée aujourd'hui. Avec quelle impatience j'ai attendu son retour, avec quel plaisir je l'ai revu! sans doute je l'aurais embrassé si la crainte ne m'eût retenu.

La pierre de Bologne placée au soleil en attire les rayons, les conserve, et éclaire encore pendant quelque temps dans l'obscurité. Voilà ce qu'était pour moi ce petit garçon. L'idée que les yeux de Charlotte s'étaient reposés sur ses traits, ses joues, les boutons de son habit, le collet de son surtout, me rendait tout cela si intéressant, si précieux!... Je n'aurais pas dans ce moment-là donné ce petit garçon pour mille écus. J'étais si heureux de le voir! Garde-toi d'en rire, mon ami; rien de ce qui nous rend heureux n'est illusion.

LETTRE XXI.

Le 19 juillet.

Je la verrai, m'écriai-je le matin en ouvrant ma fenêtre et en fixant d'un air serein l'astre brillant du jour; je la verrai, et je n'ai pas d'autres souhaits à former pour la journée; tout, tout est concentré dans cette idée.

LETTRE XXII.

Le 20 juillet.

Je ne saurais encore approuver votre projet de m'envoyer au ministre de *** à ***. Je n'aime pas la subordination, et nous savons tous d'ailleurs que cet homme est d'un commerce dur et difficile. Ma mère désirerait, dis-tu, de me voir occupé ; j'ai été obligé d'en rire : eh ! ne suis-je pas assez occupé? que ce soit à éplucher des fèves ou des pois, cela revient dans le fond au même. Dans le monde, tout n'est que misère, et celui qui travaille par complaisance à amasser de l'argent ou des titres est, à mon avis, un grand fou.

LETTRE XXIII.

Le 24 juillet.

Puisque tu t'intéresses autant à mes progrès dans le dessin, je suis fâché, mon ami, d'être obligé de te dire que jusqu'ici j'ai fait très peu de chose dans ce genre. Jamais je n'ai été plus heureux, jamais je n'ai mieux connu la nature, jamais je ne l'ai vue plus sublime en grand, plus exacte et plus variée dans les détails, et cependant, je ne sais comment l'exprimer mon état, les forces exécutrices me manquent : tout n ge, voltige devant moi, et je ne puis former un ensemble ; j'imagine que je réussirais mieux en relief, si j'avais de la terre ou de la cire ; j'essaierai, pour peu que cela continue.

J'ai commencé trois fois le portrait de Charlotte, et trois fois j'ai déshonoré mes pinceaux. Je n'y comprends rien ; j'étais dernièrement très heureux pour les ressemblances ; j'ai fait une silhouette, et il faut que je m'en contente.

LETTRE XXIV.

Le 27 juillet.

J'ai déjà pris bien des fois la résolution de ne pas la voir si souvent. Oui, cela est plus aisé à dire qu'à faire. Tous les jours je succombe à la tentation ; le soir je me dis au retour : Demain tu n'iras pas : le lendemain je me retrouve près d'elle sans savoir comment cela s'est fait. Ne crois pas cependant que je manque de raison ; un soir elle m'a dit : — Vous revenez demain. Pouvais-je m'en dispenser? Un autre jour, le temps est si beau, il faut se promener, il faut aller à Walheim ; et quand je suis là, il n'y a plus qu'une demi-lieue. Ma grand'mère nous faisait un conte d'une montagne d'aimant. Les vaisseaux s'en approchaient-ils, les clous volaient à la montagne, et les malheureux passagers périssaient entre les planches déjointes.

LETTRE XXV.

Le 30 juillet.

Albert est arrivé. Quand il serait le meilleur, le plus parfait des hommes, quand je devrais lui céder en tout, il n'en serait pas moins insupportable pour moi de le voir à mes yeux en possession. Je l'ai vu, mon ami, je l'ai vu, cet heureux époux ; c'est un brave et galant homme qu'on ne peut s'empêcher d'aimer. Heureusement je n'étais pas à la première entrevue ; mon cœur aurait été déchiré, et il est assez honnête pour n'avoir pas encore donné un seul baiser à Charlotte en ma présence. Dieu l'en récompense ! il faut que je l'aime pour le respect qu'il porte à cette aimable fille. Il me veut du bien : c'est sans doute l'ouvrage de Charlotte. Les femmes font ce qu'elles peuvent pour entretenir une bonne harmonie entre leurs amis : cela réussit rarement ; mais quand cela arrive, elles seules y gagnent.

Sérieusement je ne puis refuser mon estime à Albert. Sa froide et tranquille sagesse fait un contraste bien marqué avec la fougue de mon caractère ; cependant il a beaucoup de sensibilité, et il connaît tout le prix du bonheur qu'il possède. Il paraît être peu sujet à avoir de l'humeur ; tu sais que c'est de tous les défauts celui que je pardonne le moins.

Il me regarde comme un homme d'esprit et de goût. L'attachement que je montre pour Charlotte, le vif intérêt que je prends à tout ce qui la regarde, augmentent son triomphe et sa tendresse pour elle. Je n'examinerai point s'il ne la tourmente pas quelquefois en secret par de petites jalousies : du moins, à sa place, ne serais-je pas tout à fait tranquille.

Quoi qu'il en soit, le plaisir que je goûtais auprès de Charlotte n'est plus. Appellerai-je cela folie ou aveuglement ? Mais qu'est-il besoin de nom ? la chose parle d'elle-même. Avant l'arrivée d'Albert, je savais tout ce que je sais maintenant ; je savais que je n'avais point de prétentions à former sur elle ; je n'en formais pas non plus. Et voilà que, comme un imbécile, j'ouvre de grands yeux étonnés de ce qu'un autre vient et m'enlève cette fille ! Je me mords les lèvres, je me méprise ; mais je mépriserais bien davantage celui qui me dirait froidement : — Il faut prendre votre parti, la chose ne peut être autrement. Qu'on me débarrasse de ces sottes gens-là ! Après avoir bien couru dans les bois, je reviens à la maison de Charlotte, je la trouve assise sous un berceau avec Albert ; ne pouvant faire mieux, je fais le fou, je dis cent extravagances. — Au nom de Dieu, me disait aujourd'hui Charlotte, je vous en prie, point de scène comme celle d'hier au soir ; vous êtes terrible dans vos accès de joie. Soit dit entre nous, j'ai pris le parti de guetter Albert ; et quand il a quelques affaires, j'y cours, et je suis content lorsque je la trouve seule.

LETTRE XXVI.

Le 8 août.

Crois, mon cher ami, que lorsque je t'ai écrit à propos de ceux qui me diraient de prendre mon parti : qu'on me débarrasse de ces gens-là ! j'étais bien loin de penser à toi ; je ne croyais pas que tu pusses être du même sentiment ; et, dans le fond, tu as raison. Je ne te ferai qu'une objection, mon ami : on prend rarement l'un des deux partis opposés qui se présentent. Il y a autant de nuances de sentiment et d'action que de traits différens entre un nez aquilin et un camus.

Permets-moi donc de t'accorder tes conclusions et de chercher à me glisser entre deux.

Ou tu as l'espérance de posséder Charlotte, ou tu ne l'as pas, me diras-tu ; dans le premier cas, tu dois pousser ta pointe et marcher à l'accomplissement de tes vœux ; dans le second, sois homme, et cherche à secouer un sentiment malheureux qui consumera toutes tes forces. Mon cher ami, cela est bien dit et bien aisé à dire.

Exigerais-tu d'un homme faible, accablé sous une maladie de langueur qui le mine peu à peu, qu'il termine ses maux par un coup de poignard ? le mal qui consume ses forces ne lui ôte-t-il pas en même temps le courage de s'en défaire ?

Tu pourrais, à ton tour, me présenter une comparaison à peu près semblable : qui ne se ferait couper un bras plutôt que de risquer sa vie en renvoyant l'opération ? Bien des gens peut-être. Mais quittons ces com-

paraisons. Oui, mon ami, j'ai souvent des momens de courage où je par-
tirais peut-être, si je savais où aller.

LETTRE XXVII.

Le 10 août.

Si je n'étais pas un insensé, je pourrais mener ici la vie du monde la
plus heureuse. Il est rare que des circonstances aussi agréables se réunissent pour réjouir le cœur d'un honnête homme. Ah! je ne l'éprouve
que trop! c'est du cœur seul que dépend le bonheur! Etre membre de la
plus aimable famille, être aimé du vieillard comme un fils, des enfans
comme un père, et de Charlotte... et cet honnête Albert, qui ne trouble
pas mon bonheur par aucun accès d'humeur, m'embrasse avec cordialité;
qui, après Charlotte, me préfère à tout! Mon ami, ce serait un plaisir
de nous entendre quand nous nous promenons ensemble et que nous
nous entretenons de Charlotte. Il n'y a dans le fond rien de plus sensible que cette union, et cependant je suis souvent attendri jusqu'aux larmes. Quand il me parle de la respectable mère de Charlotte, quand il
me retrace ses derniers momens, et la touchante scène dans laquelle
elle remit à sa fille le soin de ses enfans et de sa maison; lorsqu'il me
dit comme dès ce moment Charlotte changea de caractère, comme elle
se montra habile, économe, et mère tendre, ne passant aucune journée
sans déployer ces deux qualités, et conservant toujours sa vivacité et sa
gaîté aimable, je marche à côté de lui, je cueille des fleurs sur la route,
j'en forme avec soin un bouquet, et... je le jette dans le premier ruisseau que je rencontre, et je regarde comme il descend lentement. Je ne
sais si je t'ai déjà écrit qu'Albert s'établit ici; la cour, où il est estimé,
lui donne une place d'un fort joli revenu. J'ai peu vu d'hommes qui
eussent autant d'ordre et d'exactitude dans les affaires.

LETTRE XXVIII.

Le 12 août.

Albert est certainement le meilleur homme du monde; j'ai eu hier une
singulière conversation, qu'il faut que je te raconte. Je venais prendre
congé de lui, car j'ai eu la fantaisie d'aller passer quelques jours dans
les montagnes, d'où je t'écris. En me promenant dans sa chambre, j'a-
perçus ses pistolets. — Prête-moi ces pistolets pour mon voyage. — A
ton service, pourvu que tu veuilles te donner la peine de les charger; ils
ne sont là que pour la forme. J'en pris un, et il continua : — Depuis que
ma précaution me joua un vilain tour, je ne veux plus avoir d'armes
chargées. Je le priai de me conter cette aventure. — J'étais à la campagne chez un ami, me dit-il; mes pistolets n'étaient point chargés, et je
dormais tranquillement; un après-dîner qu'il pleuvait, et que j'étais assis
à ne rien faire, je ne sais comment il me passa par la tête que des voleurs
pouvaient attaquer la maison; que ces pistolets pourraient nous être
utiles; que nous pourrions... enfin, tu sais comment on raisonne quelquefois à perte de vue quand on n'a rien de mieux à faire. Je donne ces pistolets à mon domestique pour les nettoyer et les charger; il badine avec
la servante, veut l'effrayer, et Dieu sait comment le pistolet part; la
baguette était encore dedans, et va abattre un pouce à cette fille. Juge

du bruit et des lamentations ! un chirurgien à payer par dessus le marché. Depuis cette affaire, mes pistolets sont comme tu les vois. Mon cher ami, à quoi sert-il de prévoir ? Nous ne pouvons savoir le danger qui nous menace, à la vérité. Tu sauras, mon ami, que j'aime tout de cet homme, excepté ses *à la vérité*. Ne sait-on pas, du reste, que chaque règle a ses exceptions ? Mais il est si honnête, il aime tant la vérité, que lorsqu'il croît avoir dit quelque chose de hasardé, de trop général, où d'à demi vrai, il ne cesse de limiter, de modifier, de retrancher, ou d'ajouter, tant qu'au bout il se trouve qu'il n'a rien dit. Il s'enfonça donc dans le texte, suivant sa coutume : je cessai de l'écouter ; je me plongeai dans mes rêveries, et tout en rêvant je portai la bouche du pistolet à mon front. — Fi ! dit Albert, en détournant le pistolet : que signifie cela ? — Il n'est pas chargé. — Eh bien, quoiqu'il ne le soit pas, dit-il avec impatience, qu'est-ce que cela signifie ? Je ne puis comprendre qu'un homme soit assez fou pour se casser la tête, et la seule idée m'affecte. — Faut-il donc, m'écriai-je, que vous autres hommes, quand vous parlez d'une chose, disiez d'abord : — Cela est fou, cela est sage, cela est bon, cela est mauvais ; que signifie tout cela ? Avez-vous examiné avec le plus grand soin les motifs intérieurs de cette action ? Avez-vous su développer avec justesse les raisons pour lesquelles elle eut lieu et pour lesquelles elle devait se faire ? Si vous aviez fait tout cela, vous ne décideriez pas si promptement.

— Tu m'accorderas que certaines actions sont criminelles, quels que soient les motifs qui les ont fait commettre. J'en convins, en haussant les épaules.

—Cependant, mon cher ami, lui dis-je, il y a encore ici quelques exceptions à faire. Le vol est un crime ; mais celui qui le commet, poussé par une extrême misère et dans l'unique but de sauver sa vie et celle de sa famille, sera-t-il puni, et n'a-t-il pas plutôt des droits à notre compassion ? Qui jeta la première pierre contre ce mari qui, dans le mouvement d'une juste colère, sacrifia une femme infidèle et son perfide corrupteur, contre une jeune fille qui s'égara dans les transports de l'amour ? Nos lois mêmes, ces lois pédantes, ces lois froidement barbares, se laissent attendrir, et retirent leurs châtimens.

—Ces exemples sont fort différens, dit Albert, parce qu'un homme déchiré par les passions est incapable de réflexion, et est considéré comme un homme ivre, ou insensé. — Ah ! vous autres gens sensés, m'écriai-je en riant, vous prononcez volontiers ces mots de passion, ivresse, extravagance ; vous êtes là tranquilles, sans prendre garde à rien ; vous évitez l'homme ivre, détestez l'extravagant ; vous passez à côté comme le prêtre, et ainsi que le pharisien, vous remerciez le Seigneur de ne vous avoir pas fait comme l'un d'eux. J'ai connu plus d'une fois l'ivresse ; mes passions ont toujours bordé l'extravagance, je n'en rougis point : n'ai-je pas vu que de de tout temps on a traité de gens ivres et insensé tous les hommes extraordinaires qui on fait quelque chose de grand ou qui paraissait impossible ?

Et ce qui est aussi insupportable dans la vie privée, c'est de voir que, lorsqu'un jeune homme fait quelque action libre, noble, inattendue, on s'écrie : Ce jeune homme est ivre, il est insensé. Rougissez, gens sobres, rougissez, sages de la terre. — Voilà encore de tes excès, dit Albert ; tu passes toujours le but : tu as ici du moins certainement tort de comparer le suicide dont il était question avec de grandes actions, puisqu'on ne peut le regarder que comme une faiblesse. Il est bien plus aisé de mourir que de supporter avec fermeté une vie pleine de tourmens.

J'étais sur le point de rompre brusquement l'entretien : car rien ne me met hors de moi comme de voir qu'on me présente un lieu commun qui ne signifie rien, tandis que je parle du fond du cœur. Je me contins cependant, parce que j'ai déjà souvent entendu ce pitoyable argument, et que je m'y accoutume. Mais je lui répondis avec quelque vivacité : — Tu nommes cela faiblesse ! prend garde de te laisser éblouir aux apparences. Un peuple soupire sous le joug insupportable d'un tyran ; le traiteras-tu de faible lorsque enfin il secoue et rompt ses chaînes? Un homme qui, à l'instant que sa maison est en feu, sent toutes ses forces tendues, qui soulève avec facilité des fardeaux qu'il peut à peine remuer lorsque ses sens sont tranquilles ; celui qui, vivement offensé, attaque six hommes, et les met en fuite ; sont-ce des gens faibles? Eh! mon bon ami, si la contention est la force, son excès peut-il être le contraire? Albert me dit en me fixant : — Pardonne-moi, mais les exemples que tu cites me paraissent n'avoir aucun rapport au sujet.—Cela se peut, répondis-je ; on m'a déjà reproché que ma manière de combiner avait un air de radotage. Voyons donc si nous pouvons nous représenter de quelque autre manière quel doit être l'état de l'homme qui se détermine à jeter le fardeau de la vie, fardeau en général si agréable ; ce n'est qu'en entrant dans sa situation, en la sentant, que nous pouvons raisonner avec quelque justesse.

— La nature humaine, continuai-je, a ses bornes ; elle peut supporter jusqu'à un certain degré la joie, la peine, les douleurs : ce degré passé, elle est anéantie.

Il n'est donc pas question ici de savoir si tel est faible ou fort, mais s'il peut surpasser les bornes de sa nature et la mesure de ses souffrances, qu'elles soient morales ou physiques ; et je trouve aussi extraordinaire d'entendre dire : L'homme qui se tue est un poltron, que d'entendre traiter de même celui qui meurt d'une fièvre maligne.

— Paradoxe, paradoxe, tout à fait ! s'écria Albert.— Pas tant paradoxe que tu te l'imagines, répliquai-je ; tu m'accorderas que nous nommons maladie mortelle celle où la nature est tellement attaquée, qu'une partie de ses forces est détruite, et l'autre trop affaiblie pour pouvoir se relever par quelque heureuse révolution, et rétablir le cours de la nature.

Appliquons ceci à l'esprit, voyons-le aussi dans son cercle : comme les impressions travaillent sur lui, comme les idées s'y établissent, jusqu'à ce qu'enfin une violente passion s'étend, le prive de toutes les forces qu'avaient ses sensations dans leur tranquillité, et l'accable entièrement.

En vain l'homme sage et de sang-froid connaît l'état malheureux de celui qui est dans cette situation : en vain il lui donne des conseils : c'est ainsi que l'homme sain qui est près du lit d'un mourant ne peut lui insinuer la plus petite partie de ses forces.

Albert trouvait cela trop général. Je lui citai la fille qui s'était noyée dernièrement, et je lui rappelai son histoire : Une bonne, jeune créature tellement accoutumée au cercle étroit de ses travaux domestiques et à la tâche de la semaine, qu'elle ne connaissait d'autre plaisir que d'aller faire un tour hors de la ville, le dimanche, avec ses camarades, peut-être de danser une fois pendant les grandes fêtes, et le reste du temps de s'entretenir avec la voisine de quelques querelles, de quelques mauvais propos ; elle sent enfin des besoins intérieurs, augmentés encore par les flatteries des hommes ; tous ses plaisirs passés lui deviennent peu à peu insipides, jusqu'à ce qu'elle rencontre un homme auquel un sentiment inconnu l'attache invisiblement, sur lequel elle réunit maintenant toutes ses espérances ; elle oublie le monde qui est autour d'elle, elle ne voit, elle n'entend, elle ne sent que lui seul, elle ne désire que lui seul. N'étant point corrompue par les plaisirs d'une vanité légère, ses souhaits vont droit au but, elle veut être à lui, elle veut trouver dans un lien éternel tout le bonheur qui lui manque, et jouir de la réunion de tous les plaisirs qu'elle désirait. Des promesses répétées qui mettent le sceau à ses espérances, des caresses qui enflamment ses désirs, environnent son âme en entier ; elle nage dans un avant-goût de plaisirs ; elle est dans la plus grande extase ; elle étend enfin les bras pour embrasser tous ses vœux. Ils s'évanouissent, son amant l'abandonne. Saisie, glacée, elle est sans sentiment devant l'abîme ; tout est ténèbres autour d'elle, il n'est plus pour elle de projet, de consolation, d'espoir. Celui en qui était sa vie, ne l'a-t-il pas délaissée? Elle ne voit point le vaste univers qui est devant elle ; elle ne voit point tant d'hommes qui pourraient réparer sa perte : elle se sent abandonnée de tout le monde. Aveugle, pressée par la vive douleur qui étreint son cœur de toutes parts, elle se précipite dans l'abîme, pour y finir ses tourmens. Voilà, Albert, l'histoire de bien des hommes ; et n'est-ce pas là précisément le cas de la maladie? La nature ne trouve point de sortie du labyrinthe des forces usées et des forces opposées, et il faut que le malade meure.

Malheur à l'homme qui verrait cette situation et qui pourrait dire : La folle! que n'attendait-elle, que ne laissait-elle agir le temps? son désespoir se serait adouci, et elle aurait trouvé un consolateur. C'est de même que si un autre disait : Le fou! il est mort de la fièvre; que n'attendait-il jusqu'à ce qu'il eût repris des forces, que son sang se fût calmé? tout aurait bien été, et il vivrait encore aujourd'hui.

Albert, qui ne trouvait pas la comparaison assez juste, m'objecta plusieurs choses, entre autres, que je n'avais parlé que d'une fille simple et ignorante ; mais qu'il ne pouvait pas comprendre qu'un homme de sens, dont le cercle serait plus étendu, et qui voyait bien d'autres consolations, pût se laisser aller à ce désespoir. — Mon ami, lui dis-je, quelque instruit, quelque habile que soit l'homme, il est homme cependant, et le peu de raison qu'il possède n'agit point ou agit faiblement quand la passion se déchaîne, et quand les bornes de l'humanité pressent plutôt. Nous en parlerons une autre fois, dis-je en prenant mon chapeau. Ah! mon cœur était plein. Et nous nous séparâmes sans nous être entendus. Il est si rare que les hommes s'entendent!

LETTRE XXIX.

Le 15 août.

Il est bien vrai que le sentiment seul rend les hommes nécessaires les uns aux autres. Je vois que Charlotte me perdrait à regret ; et pour les enfans, ils me répètent chaque jour : — Tu reviendras demain. J'étais allé aujourd'hui chez Charlotte pour remonter son clavecin ; je n'ai pu en venir à bout ; tous ces enfans couraient après moi pour que je leur fisse un conte, et Charlotte a voulu que je les contentasse ; je leur ai donné à

goûter, car ils le reçoivent à présent presque aussi volontiers de moi que
de Charlotte, et je leur ai fait un de mes meilleurs contes, celui de la
princesse qui était servie par des nains. J'apprends beaucoup moi-même
par cet exercice, je t'assure, et je suis fort surpris de l'effet que ces contes
font sur eux.

Quelquefois j'imagine un incident que j'oublie à un second récit. Les
petits coquins ne manquent point de me dire : — Ce n'était pas ainsi la
première fois; en sorte que je m'applique maintenant à réciter tout de
suite, sans changement, et d'un ton à moitié charmant. J'ai vu par là
comment un écrivain fait tort à son ouvrage, en changeant même en beau
ses récits. Nous recevons volontiers les premières impressions ; l'homme
croit même l'incroyable, il se le grave dans la tête ; mais malheur à qui
voudra ensuite l'effacer !

LETTRE XXX.

Le 18 août.

Fallait-il donc que ce qui fait le bonheur de l'homme devînt ensuite la
source de ses infortunes? Le sentiment brûlant qui arrachait mon cœur à
la nature entière, qui m'inondait d'un torrent de délices, qui formait un
paradis tout autour de moi, est devenu un bourreau insupportable, un
démon qui me tourmente et qui me poursuit partout. Autrefois je con-
templais du haut des rochers le fleuve majestueux qui, jusqu'à ces monts
éloignés, arrose la plaine fertile. Tout coulait, germait, végétait. Autour
de moi tout était en mouvement ; je voyais ces montagnes couvertes jusqu'à leurs sommets d'arbres élevés et touffus, et les contours variés de
tous ces vallons ombragés par de rians bosquets. Le fleuve tranquille se
glissait lentement entre les roseaux agités, et réfléchissait des nuées légères qu'un doux zéphir balançait dans les airs. J'entendais les oiseaux ani-
mer les bois par leur ramage. Là, des milliers de moucherons dansaient aux
rayons pourprés du soleil couchant. Je voyais la mousse forcer le rocher
aride à lui fournir sa nourriture, et les genêts croître là-bas dans le sable.
Tout montrait à mes yeux la chaleur sacrée qui vivifie la nature ; elle
embrasait, elle remplissait mon cœur ; je me perdais dans le sentiment
de l'infini. D'énormes montagnes m'environnaient, des précipices étaient
sous mes pas, un torrent se précipitait autour de moi, des fleuves impétueux coulaient dans la plaine, les rochers et les monts retentissaient au
loin, et je voyais dans la profondeur de la terre des forces innombrables
s'agiter et se multiplier à l'infini. Tous les êtres de la création, sous mille
figures différentes, se meuvent sur la terre et sous le ciel ; et les hommes
se cachent et se nichent dans leurs petites cabanes, et ils disent : — Nous
régnons sur ce vaste univers. Faible mortel ! tu vois tout en petit parce que
tu es petit. Des montagnes escarpées, des déserts qu'aucun pied d'homme
n'a foulés, jusqu'aux bornes inconnues du vaste Océan, le créateur éternel anime tout par son souffle et prend plaisir à chaque atome auquel il
a donné l'existence et la vie. Ah ! combien de fois alors le vol d'une grue
qui passait par dessus ma tête ne m'a-t-il pas inspiré le désir d'être trans-
porté sur les bords de la mer immensurable, d'y goûter les délices de la
vie dans la copie éternelle de l'Être infini, et de sentir, ne fût-ce que
pendant une minute, dans les forces limitées de mon sein, une goutte de
la béatitude de l'être en qui et par qui tout est produit !

Cher ami, le simple souvenir de ces heures me cause encore du plaisir; la contention d'esprit qui me retrace ces sensations, qui me donne la faculté de les exprimer, élève mon âme au dessus d'elle-même et me fait sentir au double la détresse de ma situation présente.

Un rideau s'est tiré devant mon âme, le théâtre a changé; au lieu de la scène de la vie éternelle, je n'ai plus devant moi que l'abîme d'une fosse ouverte à jamais. Pouvon-nous dire : cela est, tandis que tout passe, que le temps emporte tout d'un cours rapide, et que l'existence passagère, entraînée, hélas! par le torrent, est abîmée sous les flots ou brisée contre les rochers? Point de minute qui ne ronge, et toi-même et ceux qui t'entourent; point de minute où tu ne sois un destructeur. La plus innocente promenade coûte la vie à des milliers de pauvres insectes; un seul pas détruit le bâtiment de la fourmi laborieuse et fait d'un petit monde une fosse. Non, ce ne sont point ces grandes et rares calamités, ces flots qui entraînent vos villages, ces tremblemens de terre qui engloutissent vos villes, qui me touchent et m'émeuvent. Ce qui me mine le cœur, c'est cette force destructive qui est cachée dans tout ce qui existe. La nature n'a rien formé qui ne se consume soi-même, qui ne consume ce qu'il touche. C'est ainsi qu'entouré du ciel, de la terre et de toutes les forces mouvantes, j'erre le cœur déchiré, et que l'univers n'est pour moi qu'un monstre effroyable qui engloutit et regorge.

LETTRE XXXI.

Le 20 août.

C'est en vain que je tends mes bras vers elle, quand je m'éveille le matin après des songes sinistres; c'est en vain que je la cherche près de moi quand un rêve innocent m'a heureusement trompé, et m'a placé près d'elle dans la prairie : je tenais sa main, je la couvrais de baisers. Ah! lorsque, encore à moitié endormi, je crois la toucher, et que je m'éveille entièrement, un torrent de larmes sort de mon cœur oppressé, et, sans consolation, je pleure d'avance un sombre avenir.

LETTRE XXXII.

Le 22 août.

Mon ami, toute mon activité a dégénéré en une indolence inquiète; je ne puis être oisif et je ne puis m'occuper. Je ne saurais réfléchir; je ne suis plus sensible aux beautés de la nature, et les livres me causent du dégoût; oui, tout nous manque si nous nous abandonnons à nous-mêmes. Je souhaite quelquefois d'être un manœuvre; du moins, en m'éveillant, j'aurais un but, une espérance, une tâche pour la journée : souvent je porte envie à Albert, quand je le vois enfoncé jusqu'aux oreilles dans un tas de papiers et de parchemins, et je dis : Je serais heureux à sa place. J'ai eu déjà plus d'une fois l'idée de t'écrire et au ministre, pour ce poste que tu crois qui me serait accordé; je le crois moi-même; le ministre m'aime depuis long-temps et m'a dit plusieurs fois que je devrais chercher à m'employer. C'est l'affaire d'une heure; mais quand la fable du cheval, qui, ennuyé de sa liberté, se laissa seller et brider, et eut tout lieu de s'en repentir; quand cette fable, dis-je, se retrace à mon esprit, je ne sais quel parti prendre. Eh! mon cher ami, le désir de changer de situation n'est-il pas la suite d'un principe d'impatience qui me poursuivrait également partout ?

LETTRE XXXIII.

Le 28 août.

Si mon mal pouvait se guérir, ces gens-ci le guériraient sans doute. C'est aujourd'hui mon jour de naissance ; de grand matin, j'ai reçu un petit paquet de la part d'Albert ; j'ai reconnu à l'ouverture un des nœuds de manche que Charlotte portait le premier jour que je la vis, et que je lui avais demandé plusieurs fois. Albert y avait joint deux volumes in-12, l'*Homère* de Wetstein, petit livre que je désirais depuis long-temps, l'*Ernesti* étant incommode à la promenade. Tu vois comme ils préviennent mes dé-irs, comme ils connaissent toutes ces petites attentions de l'amitié, bien supérieures aux présens superbes de l'homme vain qui nous humilie. J'ai donné mille baisers à ce nœud de manche, et chaque fois j'ai respiré le souvenir des délices de quelques heureux jours, qui ne reviendront plus. Mon ami, tel est notre sort ; je n'en murmure point, les fleurs de la vie ne font que paraître. Combien passent sans laisser des vestiges après elles, combien peu donnent des fruits, et que ces fruits sont rarement mûrs ! Et cependant, ah ! mon ami, n'est-il pas étrange que nous laissions souvent flétrir et tomber en pourriture ce peu de fruits mûrs qui nous restent? Adieu !

Il fait le plus beau temps du monde. Souvent, dans le verger de Charlotte, grimpé sur un arbre, je choisis des poires avec le cueilloir ; elle est sous l'arbre et elle les reçoit à mesure que je les lui tends.

LETTRE XXXIV.

Le 30 août.

Malheureux ! n'es-tu pas un insensé, ne prends-tu pas plaisir à te tromper toi-même? Que deviendra enfin cette passion fougueuse et sans bornes? Je n'adresse plus de prières qu'à Charlotte ; mon imagination ne me représente qu'elle ; tout ce qui m'entoure n'est rien pour moi que relativement à elle, et cet état-là me donne des heures fortunées, jusqu'à ce que je sois contraint de m'arracher d'elle. Ah ! mon ami, mon propre cœur m'y force souvent. Quand j'ai été près d'elle pendant deux ou trois heures, tout entier à sa figure, à ses gestes, à ses divines expressions, peu à peu le sentiment s'empare de moi et parvient à son comble ; mes yeux se troublent, j'entends à peine, je me sens pris à la gorge, mes veines se gonflent : mon ami, souvent je ne sais si j'existe. Alors si, comme il arrive quelquefois, l'attendrissement ne prend pas le dessus, si Charlotte ne m'accorde pas la triste consolation d'inonder sa main de mes larmes, il faut que je sorte, il faut que je coure errer dans la campagne. Je grimpe à un rocher escarpé, je coupe un chemin au milieu du taillis, à travers des buissons qui me piquent, des ronces qui me déchirent, et je me trouve un peu soulagé ; quelquefois je reste étendu sur la terre, mourant de soif, accablé de lassitude ; quelquefois, bien avant dans la nuit, quand la lune luit sur ma tête, je m'appuie contre un arbre courbé dans une forêt écartée, pour donner quelque repos à mes pieds écorchés, et je sommeille d'épuisement jusqu'à la pointe du jour. Oh ! mon ami, la triste cellule, le cilice, la ceinture hérissée de fer, seraient pour moi des voluptés au prix des peines que j'éprouve. Adieu. Je ne vois de terme à tous ces tourmens que la tombe.

LETTRE XXXV.

Le 3 septembre.

Je partirai. Je te remercie, mon ami ; je balançais, tu me décides. Depuis quinze jours, je pense à la quitter ; il le faut. Elle est revenue en ville chez une amie, et Albert... je partirai.

LETTRE XXXVI.

Le 10 septembre.

Quelle nuit, mon ami ! je puis tout supporter maintenant, je ne la reverrai plus. Ah ! que ne puis-je sauter à ton cou et t'exprimer avec mille larmes tous les mouvemens qui tourmentent mon cœur ! Je suis assis, je cherche à respirer librement, je fais tous mes efforts pour me calmer, j'attends le jour et les chevaux de poste.

Elle repose ; elle ne pense pas qu'elle ne me reverra jamais. Je me suis arraché, j'ai eu la force de ne point trahir mon projet pendant un entretien de deux heures, et quel entretien, grand Dieu !

Albert m'avait promis de se rendre avec Charlotte, d'abord après souper, dans le jardin. J'étais sur la terrasse sous les épais châtaigners, et je voyais le coucher du soleil ; il quittait pour la dernière fois à mes yeux cette agréable vallée et ce fleuve tranquille. Souvent j'avais été là avec elle, j'avais vu ce même spectacle auguste ; et maintenant... Je me promenais le long de cette allée qui m'était si chère ; une secrète sympathie m'y avait souvent retenu avant que je connusse Charlotte, et nous nous réjouîmes lorsqu'au commencement de notre connaissance nous découvrîmes que nous avions eu tous les deux la même prédilection pour cet endroit. D'abord, à travers les châtaigners, on découvre une vue étendue. Mais je me rappelle que je t'en ai déjà écrit, que je t'ai dit comment de hautes charmilles vous enferment à la fin ; comment, à travers un bosquet, l'allée devient plus sombre, jusqu'à ce que tout se termine par un grand cabinet de verdure épaisse qui a tous les charmes de la plus sombre retraite. Je sens encore l'émotion douce et mélancolique qui s'empara de mon cœur, la première fois que j'entrai dans cette profonde retraite ; sans doute, j'avais un pressentiment secret qu'elle serait un jour pour moi un théâtre de délices et de tourmens.

J'avais donné une demi-heure aux idées opposées de départ et de retour, lorsque je les entendis monter la terrasse ; je volai à leur rencontre ; en frissonnant, je lui pris la main et la baisai. A l'instant où nous parvînmes sur la terrasse, la lune parut de derrière une colline couverte de bois. En nous entretenant de diverses choses, nous vînmes dans le cabinet sombre. Charlotte y entra et s'a-sit ; Albert se mit près d'elle ; j'en fis de même. Mais mon trouble ne me permit pas d'être long-temps assis ; je me levai, me tins debout devant elle, j'allai et revins, me rassis ; c'était un état violent. Elle nous fit observer le bel effet du clair de lune qui éclairait toute la terrasse au bout de la charmille, tableau d'autant plus auguste, d'autant plus brillant, que tout était sombre autour de nous. Nous gardâmes quelque temps le silence, puis elle nous dit: — Je ne me promène jamais au clair de la lune, que je ne me ra pelle les personnes chères à mon cœur que j'ai perdues ; que je n'aie le sentiment de la mort et celui de l'avenir. Oui , nous serons encore , continua-t-elle, avec solennité ; mais, Werther, nous retrouverons-nous ? nous reconnaîtrons-nous ? quel pressentiment avez-vous là-dessus ? qu'en pensez-vous ?

— Charlotte , dis-je , en lui tendant la main, et les yeux mouillés de larmes , nous nous reverrons ici ; et là , nous nous reverrons. Je ne pus en dire davantage. Mon ami , fallait-il qu'elle me fît cette question au moment même où l'idée d'une séparation cruelle remplissait mon cœur !

— Et les personnes qui nous étaient chères, et qui ne sont plus, savent-elles que , lorsque nous sommes heureux , nous nous rappelons leur souvenir avec tendresse ? L'ombre de ma mère voltige toujours autour de moi, quand, dans une soirée tranquille, je suis assis au milieu de ses enfans, de mes enfans: quand je les vois rassemblés autour de moi comme ils étaient rassemblés autour d'elle. Je lève alors mes yeux humides vers le ciel, et je souhaite qu'elle puisse jeter un coup d'œil sur nous ; qu'elle puisse voir comment je tiens la promesse que je lui fis à ses derniers instans, d'être la mère de ses enfans. Cent fois je m'écrie : Pardonne-moi , ô mère qui me fus si chère ! pardonne, si je ne suis pas ce que tu étais pour eux ! ah ! je fais cependant tout ce que je puis ; ils sont nourris, ils sont habillés, et, ce qui est plus encore, ils sont élevés, ils sont chéris ; si tu pouvais voir notre union , notre attachement réciproque, tu rendrais de vives actions de grâces à cet Être suprême auquel, en mourant, tu adressais de ferventes prières pour le bonheur de tes enfans. Elle dit cela, mon ami, et qui pourrait répéter tout ce qu'elle dit? comment des caractères froids et insensibles rendraient-ils les expressions du sentiment et du génie ? Albert l'interrompit doucement. — Vous êtes trop émue, mon aimable Charlotte : je sais que ces idées vous sont chères ; mais je vous demande la grâce... — Oh ! Albert, dit-elle, tu n'oublies pas toi-même , je le sais, les soirées où nous étions assis tous les trois à notre petite table ronde, pendant l'absence de mon père, et quand les enfans étaient couchés. Tu avais souvent un livre près de toi, mais tu ne lisais guère ; et qui n'aurait préféré à tout la compagnie de cette femme aimable? Elle était belle, douce, gaie et toujours active. Dieu sait combien de fois je me suis prosternée devant lui pour lui demander avec larmes de me rendre semblable à elle.

— Charlotte, m'écriai-je en me jetant à ses pieds, prenant ses mains et les arrosant de mes larmes, Charlotte! la bénédiction de Dieu repose sur toi et le génie de ta mère. Je restai immobile; je n'avais jamais entendu une louange si flatteuse. —Et cette femme a dû mourir à la fleur de ses ans; le dernier de ses enfans n'avait que six mois. Sa maladie fut courte ; elle était tranquille, résignée; rien ne l'inquiétait, excepté ses enfans . et surtout le cadet. Lorsqu'elle sentit approcher sa fin , elle me dit : Va chercher mes enfans ; et quand ils furent tous autour de son lit, les petits enfans, qui ne connaissaient pas leur malheur, les grands qui étaient hors d'eux-mêmes, elle éleva au ciel ses mains tremblantes, pria sur eux, les baisa les uns après les autres, les renvoya et me dit : « Sois leur mère. » Je lui tendis la main. « Tu promets beaucoup, ma fille, le cœur d'une mère, l'œil d'une mère. Tes larmes reconnaissantes m'ont souvent montré que tu sentais ce que c'est que le cœur d'une

mère, aie-le pour tes frères et sœurs ; et pour ton père, la fidélité et
la soumission d'une épouse ; tu le consoleras. » Elle le demanda. Il était
sorti pour cacher sa douleur amère ; il sentait toute l'étendue de sa
perte, son cœur était déchiré.

Albert, tu étais dans la chambre. Elle entendit marcher, demanda ce
que c'était, et te fit approcher. Comme elle nous regarda d'un œil tranquille et satisfait qui disait : Ils seront heureux, ils seront heureux ensemble ! Albert s'écria en l'embrassant : Oui, nous le sommes et nous
le serons. Le tranquille Albert était tout hors de lui ; pour moi, je ne
me possédais pas.

— Werther, continua-t-elle, et cette femme devait nous quitter ! grand
Dieu ! faut-il qu'on voie partir ainsi ce qu'on a de plus cher au monde ?,
et personne ne sent cela aussi vivement que les enfans qui se plaignaient
encore long-temps après que les hommes noirs eurent emporté la
maman.

Elle se leva, je me réveillai ; mais je restais assis et je tenais sa
main. — Partons, dit-elle, il en est temps. Elle retirait sa main, je la tenais plus fortement serrée. — Nous nous reverrons, m'écriai-je, nous nous
retrouverons ; sous quelle forme que ce soit, nous nous reconnaîtrons ;
je vais, oui, je vais de moi-même... mais si c'était pour toujours, je n'y
resterais pas. Adieu Charlotte ; adieu Albert, nous nous reverrons. —
Demain, je pense, ajouta-t-elle en riant. Je sentis ce mot de demain.
Hélas ! elle ne savait pas, lorsqu'elle retirait sa main de la mienne. Elle
s'en alla le long de l'allée. Je restai debout, je la suivis des yeux, puis
je me jetai à terre, et je répandis un torrent de larmes ; je me relevai,
courus sur la terrasse, et je vis encore, à l'ombre des tilleuls, sa
robe blanche flotter vers la porte du jardin ; j'étendis les bras, et elle
s'évanouit.

LETTRE XXXVII.

Le 20 mai.

Nous sommes arrivés hier ici. Le ministre est incommodé et ne sortira
pas de quelques jours. S'il était moins bourru, tout irait bien. Je ne le
vois que trop, le ciel me destine à de rudes épreuves ; mais prenons
courage ; avec un peu de légèreté on peut tout supporter. De la légèreté !
comment ce mot a-t-il échappé à ma plume ? Je ne puis m'empêcher d'en
rire ; un peu de cette légèreté qui me manque me rendrait le plus heureux
des hommes. Quoi ! tandis que d'autres avec peu de forces et de talens
paradent devant moi de l'air du monde le plus satisfait, faut-il que je
désespère de mes facultés et des dons de la nature ? Grand Dieu ! toi qui
as daigné répandre sur moi tant de bienfaits, que ne m'as-tu donné en
même temps plus de contentement et de confiance !

Prenons patience, tout ira mieux, je l'espère ; car je te l'avouerai, mon
ami, tu avais raison. Depuis que je suis obligé de me mêler tous les jours
avec les autres hommes, depuis que j'observe leurs discours, leurs projets, leurs actions, je suis plus tranquille, je suis plus content de moi-
même. Comme nous sommes faits de manière que nous comparons tout
à nous, et nous à tout, le bonheur et le malheur ne tiennent qu'aux
objets auxquels nous nous comparons ; et, à cet égard, rien de plus dan-
gereux que la solitude. C'est là que notre imagination, qui tend toujours
à s'élever, prend un nouvel essor sur les ailes de la poésie, et se forme

une chaîne d'êtres dont nous sommes les derniers. Tout paraît plus grand que nature, tout paraît supérieur à nous, et cette marche est naturelle. Nous sentons si souvent nos imperfec ions, nous croyons avoir remarqué chez d'autres les qualités qui nous manquent, nous leur ajoutons celle que nous possédons nous-mêmes, et voilà l'homme parfait, l'homme heureux ; mais cet homme n'est pas l'ouvrage de notre imagination.

Mais lorsque, au contraire, malgré notre faiblesse et nos chagrins, nous travaillons de suite à atteindre le but, nous trouvons souvent qu'en louvoyant nous allons plus loin que d'autres à force de voiles et de rames. Et c'est pourtant un vrai sentiment de soi-même que de se voir à côté des autres ou même plus avancé qu'eux.

LETTRE XXXVIII.

Le 10 novembre.

Je commence à trouver ma situation supportable : je suis assez occupé ; et la quantité d'acteurs, les différens rôles qu'i s jou nt sont pour moi un spectacle varié et piquant. J'ai fait connaissance avec le comte de C..., et je le respecte tous les jours davantage. C'est un homme d'un esprit pénétrant et étendu ; il voit plus loin que les autres, mais il n'en est pas plus froid pour cela ; le sentiment brille par dessus toutes ses autres qualités : il me témoigna de l'intérêt, un matin que j'allai lui parler d'affaires ; il s'aperçut, dès les premiers mots, que nous nous entendions, et qu'il pouvait parler avec moi sur un autre ton qu'avec bien d'autres. Aussi ne puis-je assez me louer de sa conduite ouverte à mon égard. Il n'y a pas de plus grand plaisir que celui de voir une belle âme se déployer ainsi devant vous.

LETTRE XXXIX.

Le 24 décembre.

Je l'avais bien prévu ; le ministre me cause beaucoup de chagrins ; c'est le fou le plus pointilleux qu'il y ait sous le ciel : il marche pas à pas, il est aussi minutieux qu'une vieille commère : un homme qui n'est jamais content de lui-même, comment le serait-il des au res? J'aime à travailler vivement, de suite, et ce qui est fait est fait : point du tout! il est capable de me rendre ma minute, et il me dit : — C'est bien ; relisez cependant, on trouve toujours quelque mot plus propre, quelque particule mieux placée. — Alors je me donnerais volontiers à tous les diables. Pas un et, pas une seule liaison ne doit être omise ; et ces inversions que j'aime, qui m'échappent souvent, mon ami, il est leur ennemi juré. Si l'on ne déclame pas toujours ses périodes sur le ton du bureau, il n'y est plus. Il est bien triste d'avoir affaire à un tel personnage.

La confiance du comte C... est la seule chose qui me console. Il me disait l'autre jour très franchement, combien il était mécontent de la longueur et des difficultés de mon ministre : les gens de ce caractère rendent tout difficile à eux-mêmes et aux autres. Mais, ajouta le comte, il faut se résigner, comme un voyageur obligé de gravir une montagne : sans doute, si la montagne n'était pas là, le chemin serait plus court et plus commode ; mais enfin elle est là, et il faut la passer.

Mon vieillard s'aperçoit bien aussi de la préférence que me donne le comte sur lui. Cela le fâche, et il saisit toutes les occasions de me dire du mal de ce seigneur. Je tiens son parti, comme il est bien naturel, ce qui augmente son humeur; je m'aperçus bien hier qu'en tirant sur le comte, il voulait aussi tirer sur moi. — Le comte, disai -il, est fort bon pour les affaires du monde, il travaille avec facilité, et a une bonne plume; mais il lui manque, ainsi qu'à tous les beaux-esprits, une érudition solide. Les mains me démangeaient; car à quoi bon raisonner avec de tels animaux? Mais enfin, comme cela n'était pas possible, je lui répliquai, avec assez de vivacité, que le comte était un homme à qui on devait des égards, soit pour son caractère, soit pour ses lumières. — Je n'ai, dis-je, jamais connu personne qui ait aussi bien réussi à étendre son génie, à l'élever au des- sus des autres, sans rien perdre de son activité pour le courant des affaires. Ce que je disais là était de l'algèbre pour cette cervelle, et je me retirai, de peur que quelque nouveau déraisonnement n'émût trop ma bile.

Et c'est vous tous qui êtes cause de mes malheurs, vous qui m'avez forcé à m'imposer ce joug, et qui m'avez tant prêché l'activité. Si celui qui plante des pommes de terre, et les porte en ville les jours de marché, n'est pas plus actif que moi, je veux bien encore ramer dix ans sur la maudite galère à laquelle je suis enchaîné.

Et l'ennui, cette brillante misère qui règne ici parmi le sot peuple qui se fréquente exclusivement; cette ambition pour le rang : comme ils tra- vaillent, comme ils se guettent pour gagner le pas les uns sur les autres! Quelles petites et misérables passions, et qui se montrent toutes nues! Il y a ici, par exemple, une femme qui ne cesse d'entretenir la compa- gnie de sa noblesse et de ses terres. Point d'étranger qui, en entendant ses discours, ne pensât : Cette femme est une folle, à qui sa mince no- blesse et l'honneur d'avoir une terre seigneuriale font tourner la tête. Eh bien! non, c'est plus ridicule encore, cette femme est la fille d'un secrétaire de baillage des environs. Mon ami, je ne puis comprendre que le genre humain soit assez bête pour s'avilir de cette manière.

Il est vrai que je m'aperçois tous les jours de plus en plus combien il est ridicule de juger des autres par nous-mêmes. J'ai tant de peine à cal- mer mon sang, à tranquilliser mon cœur, que je laisse volontiers chacun suivre le sentier qu'il a choisi; mais je demande aussi la même liberté.

Ce qui m'inquiète le plus, ce sont ces misérables distinctions entre les habitans d'une même ville. Je sais, aussi bien que personne, combien la différence des états est nécessaire, combien j'en retire d'avantage moi- même. Mais je ne voudrais pas que cette institution se trouvât en mon chemin, quand je pourrais jouir encore de quelques plaisirs, de quelque apparence de bonheur sur cette terre.

J'ai fait dernièrement la connaissance d'une *Freule* de B..., fille très aimable qui, malgré la raideur des gens qui l'entourent, a conservé beau- coup d'aisance et de naturel. La conversation que nous eûmes ensemble nous fit également plaisir, et je lui demandai, en la quittant, la permis- sion de lui rendre mes devoirs, permission qu'elle m'accorda de si bonne grâce, que j'attendis avec impatience le moment d'en profiter. Elle n'est pas d'ici, et demeure chez une tante. La physionomie de cette vieille bé- gueule me déplut; je ne laissai pas de lui marquer beaucoup d'attentions, et de lui adresser souvent la parole. Au bout d'une demi-heure, j'avais à peu près deviné ce que la *Freule* m'a avoué depuis. Cette chère tante, vieille, peu riche, peu spirituelle, n'a d'autre appui que la longue suite de ses ancêtres, d'autres remparts que la noblesse dont elle fait une palissade autour d'elle, et d'autres plaisirs que celui d'être à sa fenêtre, et d'y regarder du haut en bas les têtes bourgeoises qui passent dans les rues. Cette vieille folle doit avoir été belle autrefois; plus d'un pauvre jeune homme a été le jouet de ses caprices : ce fut le siècle d'or. Les charmes flétris, il fallut se contenter d'un vieil officier, et se plier à ses volontés : ce fut le siècle d'airain. Elle est veuve, elle est seule maintenant; sans son aimable nièce, personne ne ferait attention à elle : et voilà bien le siècle de fer.

LETTRE XL.

Le 8 janvier.

Quels hommes! le cérémonial remplit leurs âmes en entier; pendant toute une année, ils méditent, ils travaillent, pour être d'un siége plus près du haut de la table. Et ne crois point que ce soit par oisiveté; au contraire, ils augmentent leurs travaux, en donnant à ces bagatelles le temps qu'ils devraient employer aux affaires. La semaine passée, il y eut dispute pour le pas à une partie de traîneaux; la partie fut rompue.

Les insensés, qui ne voient pas que ce n'est point la place qui fait la vraie grandeur! Celui qui a cette première place joue rarement le premier rôle; plus d'un roi est gouverné par son ministre; plus d'un ministre par son secrétaire. Qui est le premier alors? n'est-ce pas celui qui a la force ou l'adresse de faire servir les passions des autres à ses desseins?

LETTRE XLI.

Le 20 janvier.

Il faut que je vous écrive, ma chère Charlotte, d'ici, dans une cabane où le mauvais temps m'a forcé de me réfugier. Aussi long-temps que j'ai été dans cette triste ville, au milieu d'étrangers, tout à fait étrangers à mon cœur, ce cœur ne m'a point dit de vous écrire; mais, dans cette cabane, dans cette retraite, dans cette espèce de prison, où la grêle et la neige se déchaînent contre ma petite fenêtre, je me retrouve à vous et à moi. A l'instant où je suis entré, votre figure s'est présentée à mes yeux, votre souvenir a rempli mon cœur. Oh! ma Charlotte! quel souvenir sacré! quel souvenir touchant! Grand Dieu! rends-moi la première minute où j'ai vu Charlotte!

Si vous me voyiez, ma chère amie, au milieu de ce tourbillon, où tout me distrait, et rien ne m'affecte! Mes sens sont desséchés : pas une minute où mon cœur soit rempli; pas une où je répande les larmes précieuses du sentiment. Rien, rien ne m'intéresse. Je suis là comme devant la *pièce curieuse*; je vois passer les petites poupées, et je me demande : N'est-ce point une illusion d'optique? Je joue avec ces marionnettes, où plutôt j'en suis une moi-même. Je prends la main de mon voisin, je sens qu'elle est de bois... je retire la mienne en frissonnant.

Je n'ai trouvé ici qu'un être de votre espèce, une demoiselle de B...: elle vous ressemble, ma chère Charlotte, s'il est vrai qu'on puisse vous ressembler. Ah! direz-vous, cet homme a appris à faire de jolis complimens. Il y a du vrai à ce que vous dites là; depuis quelque temps, je suis très aimable, ne pouvant être autre chose. J'ai beaucoup d'esprit, et les femmes disent que personne ne s'entend aussi bien que moi à distribuer des louanges... et des mensonges, ajoutez-vous; car l'un ne va point sans l'autre. Mais je voulais parler de mademoiselle de B... Elle a beaucoup de sentiment et d'esprit ; tous deux brillent dans ses beaux yeux bleus. Sa noblesse n'est pour elle qu'un fardeau qui ne remplit aucun des vœux de son cœur ; elle voudrait être hors de ce tourbillon. Souvent nous passons en idée des heures agréables dans une heureuse retraite, et près de vous, ma chère Charlotte, car elle vous connaît ; elle est obligée de vous rendre hommage ; mais non , cet hommage n'est point forcé ; elle prend plaisir à m'entendre parler de vous, elle vous aime.

Que ne suis-je à vos pieds dans votre cabinet chéri , tandis que nos chers petits enfans sautent autour de nous! Quand leur bruit vous deviendrait trop incommode, je leur ferais un petit conte, et ils se presseraient autour de moi en silence. Le soleil se couche , et ses derniers rayons brillent sur la neige qui couvre la campagne. L'orage a passé, et moi, il faut que je retourne m'enfermer dans ma cage. Adieu. Albert est-il près de vous, et en quelle qualité? Insensé! devrais-tu faire cette question ?

LETTRE XLII.

Le 17 février.

Mon ministre et moi nous avons l'air de ne pas vivre long-temps ensemble ; cet homme est tout à fait insupportable. Sa manière de travailler et de traiter les affaires est si ridicule, que je ne puis m'empêcher de le contredire et de faire souvent les choses à ma tête ; alors, comme cela est bien naturel , il les trouve fort mal faites. Il en a écrit dernièrement en cour ; et le ministre m'a fait une réprimande, et j'avais résolu de demander mon congé, lorsque j'en ai reçu une lettre particulière , devant laquelle je me suis à genoux, adorant le génie élevé, noble et sage qui l'avait dictée. Comme il cherche à calmer une sensibilité excessive ! comme il témoigne estimer mes projets capables d'avoir une certaine influence, et daigne approfondir les affaires ainsi que les idées d'un jeune homme courageux! comme il m'exhorte, non à les étouffer , mais à les adoucir, à les réduire dans de justes bornes, afin qu'elles produisent leur effet ! Me voilà fortifié et d'accord avec moi-même au moins pour huit jours ; c'est une belle chose, mon ami , que le repos de l'âme et le contentement ; mais si ce bijou est précieux , il est aussi bien fragile.

LETTRE XLIII.

Le 20 février.

Dieu vous bénisse, mes amis , Dieu vous donne toutes les heures fortunées qu'il me refuse !

Je te remercie, Albert, de m'avoir trompé : j'attendais que le jour des noces fût fixé ; je me proposais, ce jour-là , d'enlever solennellement du mur le profil de Charlotte, et de l'enterrer parmi d'autres papiers. Vous voilà unis, et son portrait est encore là. Eh bien ! qu'il y reste ! et pourquoi n'y resterait-il pas? Ne suis-je pas aussi auprès de vous? ne suis-je pas dans le cœur de Charlotte? Oui, tu peux le permettre : j'y occupe la seconde place, et je veux, je dois la conserver ; je deviendrais furieux si elle pouvait oublier... Albert, cette pensée est un enfer; Albert, sois heureux ! Ange du ciel, Charlotte, sois la plus heureuse des femmes!

LETTRE XLIV.

Le 15 mars.

Il vient de m'arriver une aventure qui me chassera d'ici ; je grince des
dents. Diable ! Il n'y a point de remède , et c'est vous seul qui êtes la
cause de tout ceci : vous qui m'avez pressé, aiguillonné, tourmenté ; vous
qui m'avez fait prendre une place qui n'était point faite pour moi. Me
voilà bien ! maintenant, vous voilà bien ! Afin qu'on ne dise pas encore
que mon caractère excessif gâte tout , voici , monsieur, une narration
simple et nette, ainsi que la ferait un chroniqueur.

Le comte de C... m'aime, me distingue ; cela est connu. Je te l'ai dit
cent fois. Hier je dînai chez lui ; c'était le même jour où toute la noblesse
s'y rassemble. Je n'ai jamais songé à cette assemblée, ni que nous autres
subalternes en fussions exclus. Je dînai donc avec le comte ; après le dîner,
nous passâmes dans la salle, et nous nous promenâmes en causant. Je m'en-
tretins avec lui, avec le colonel B.... qui survint, et le temps s'écoula ainsi
jusqu'à l'heure de l'assemblée. Dieu sait que je ne pensais à rien ! Arrivent
la très haute et très noble dame de S..., avec monsieur son époux, et leur
imbécile de fille , au corps étroit et à la gorge plate. Ils passent devant
moi avec l'œil arrogant et le nez en l'air. Comme je ne puis souffrir cette
engeance, j'allais me retirer, et je n'attendais que le moment où le comte
serait débarrassé de leur fâcheux entretien, lorsque mon aimable demoiselle de B... entra. Comme je la vois toujours avec plaisir, je restai,
m'appuyai sur le dos de son siége , causai avec elle , et ne m'aperçus
qu'au bout de quelque temps qu'elle ne me parlait pas avec la même aisance, et témoignait quelque embarras. J'en fus frappé. Que diable ! se-
rait-elle aussi comme tous ces gens-là ? pensé-je. J'étais piqué , j'allais
me retirer ; mais l'envie d'approfondir cette affaire me retint. L'assemblée acheva de se former. Je vis entrer le baron F...., avec l'habit qu'il
portait au couronnement de François Ier. Le conseiller de cour et sa
femme, qui est vieille et sourde ; M. J..., dont l'ajustement gothique
contrastait au mieux avec nos amis modernes, etc. Je parlai à ceux
d'entre eux que je connaissais : ils étaient tous fort laconiques. Pour
moi, je ne songeais qu'à observer mademoiselle de B... ; je ne m'apercevais
point que les femmes chuchottaient au bout de la salle ; que ces mur-
mures circulaient même parmi les hommes, et que madame de S... parlait au comte avec vivacité. (Mademoiselle de B... m'a raconté tout cela
depuis.) Enfin le comte vint à moi, et me conduisit vers la fenêtre.—Vous
connaissez nos ridicules usages ; je m'aperçois que la compagnie n'est
pas contente de vous voir ici : je ne voudrais pas pour tout au monde...
—Je demande mille pardons à Votre Excellence ; j'aurais dû y penser plus
tôt... mais, je le sais ; vous me pardonnerez cette inconséquence. Il y a
quelque temps que je pensais à me retirer ; un mauvais génie m'a retenu, ajoutai-je en riant et en me baissant pour prendre congé de lui. Il
me serra la main d'une manière qui disait tout. Je fis ma révérence à
toute l'illustre compagnie , me jetai dans mon cabriolet, et m'en allai à
M.... Je contemplai du haut de la colline le coucher du soleil ; je lus
dans Homère le beau passage où ces honnêtes gardeurs de pourceaux reçoivent avec tant d'hospitalité le roi d'Ithaque, et je revins satisfait.
Quand j'entrai le soir dans la salle à manger , il n'y avait encore que

quelques personnes qui, ayant relevé un coin de la nappe, jouaient aux
dés. L'honnête Adelin s'approcha de moi en arrivant, et me dit tout bas :
Tu as eu du chagrin? — Moi! — Le comte t'a fait retirer de l'assemblée.
— Que le diable les emporte! J'étais bien aise de respirer l'air. — Je suis
charmé que tu le prennes sur ce ton-là; mais, ce qui me fâche, c'est
qu'on en parle déjà partout. Je commençai dès ce moment à envisager la
chose d'une autre manière. Tous ceux qui se mettaient à table me regardaient, et je me disais : Ils te regardent à cause de cette affaire; et
l'amertume entra dans mon cœur. Et aujourd'hui que partout où je vais
l'on me plaint, que j'apprends le triomphe de mes envieux, qu'ils disent :
Voilà ce que c'est que ces petits personnages vains qui s'avisent de braver
les usages, et d'élever mal à propos leurs têtes, et mille autres sottises
pareilles; je me percerais volontiers le cœur. Ah! qu'on me parle tant
qu'on voudra de constance, de fermeté : on peut rire des bavardages qui
n'ont point de fondement; mais comment supporter que des coquins aient
prise sur nous?

LETTRE XLV.

Tout se réunit pour me pousser à bout; je rencontre aujourd'hui mademoiselle de B... à la promenade : je ne puis m'empêcher de la joindre et de
lui témoigner la peine que me cause le changement de ses manières à mon
égard. — Oh! Werther, me dit-elle avec émotion, vous qui connaissez
mon cœur, pouviez-vous interpréter aussi mal mon trouble! Que n'ai-
je pas souffert pour vous dès l'instant que j'entrai dans la salle! Je pré-
vis tout ce qui arriva; cent fois je fus sur le point de vous le dire. Je savais
que les de S... et de T... se retireraient plutôt que de rester en votre
compagnie; je savais que le comte ne pourrait rompre avec eux : et
maintenant le bruit... — Comment, mademoiselle? dis-je en cachant mon
saisissement, car tout ce qu'Adelin m'avait dit la veille me revint dans
l'esprit et fit bouillonner mon sang dans mes veines. — Qu'il m'en a déjà
coûté, dit l'aimable fille! et ses yeux se remplissaient de larmes. Je ne
me possédais plus, j'étais prêt à me jeter à ses pieds : — Expliquez-
vous? m'écriai-je; ses larmes coulèrent, j'étais hors de moi, elle les essuya sans chercher à les cacher. — Vous connaissez ma tante, continua-
t-elle; elle était présente, et de quel œil, grand Dieu! a-t-elle vu cette
affaire? Werther, que de sermons j'ai entendus hier au soir et ce matin
sur mes entretiens avec vous! J'ai été forcée de vous entendre abaisser,
déprimer, et je n'ai pu, ni osé vous défendre qu'à demi.

Chaque mot était un coup de poignard; elle ne sentait pas que, par pitié,
elle aurait dû me cacher tout ce qu'elle me faisait connaître; elle y ajouta
encore toutes les impertinences qu'on débiterait sur cette affaire et la manière dont triompheraient les méchans, comment on se réjouirait de voir
mon orgueil humilié et de me voir puni du peu d'estime que je faisais des
autres, défaut qu'on m'avait souvent reproché. Voilà tout ce qu'elle me
dit avec le ton du plus vif intérêt, voilà ce que je fus obligé d'entendre.
J'étais dans le plus grand trouble; la rage est encore dans mon cœur, je
voudrais que quelqu'un fût assez hardi pour me plaisanter sur cette aventure, je lui plongerais mon épée dans le sein. Oui, je le crois, si je voyais
couler du sang, je serais mieux. Cent fois j'ai saisi un fer pour donner de
l'air à ce cœur oppressé. Il est une noble race de chevaux, qui, lorsqu'ils

sont échauffés par une longue course, s'ouvrent par instinct une veine
avec leurs dents pour respirer plus à l'aise. Souvent je suis tenté de m'ouvrir une veine pour me procurer à jamais ma liberté.

LETTRE XLVI.

Le 24 mars.

J'ai écrit en cour pour demander ma démission, et j'espère l'obtenir.
Vous me pardonnerez de ne pas vous avoir consulté auparavant ; je devais
partir, je savais tout ce que vous deviez me dire pour m'engager à rester. Ainsi, je te prie d'adoucir autant que tu pourras cette nouvelle à
ma mère ; je ne puis rien faire pour moi-même, que ferais-je pour les autres ? Sans doute, elle doit être affligée de voir se fermer si brusquement
une carrière qui me conduisait tout droit à être conseiller privé, puis ministre, et de me voir ainsi rentrer dans la poussière. Raisonnez là-dessus
autant qu'il vous plaira, combinez les raisons qui auraient dû me retenir;
je pars, il suffit. Mais pour que vous sachiez où je vais, il y a ici le prince
de *** qui goûte fort ma compagnie : ayant appris mon dessein , il m'a
proposé de l'accompagner dans ses terres et d'y passer le printemps. Il
me promet que j'y serai entièrement libre ; et comme nous sommes d'accord en tout , excepté sur un certain point , je vais risquer de l'accompagner.

LETTRE XLVII.

Le 19 avril.

Je te remercie de tes deux lettres. J'attendais pour écrire la réponse de
la cour ; j'étais toujours dans la crainte que ma mère ne s'adressât au
ministre pour détourner mon dessein. Mais j'ai reçu mon congé : le voilà.
Je ne veux point vous dire avec quel regret on me l'a donné, ni ce que
le ministre m'a écrit, vous recommenceriez vos lamentations. Le prince
héréditaire m'a envoyé vingt-cinq ducats, avec quelques mots qui m'ont
touché jusqu'aux larmes. Ainsi je n'ai pas besoin de l'argent que je de-
mandais à ma mère.

LETTRE XLVIII.

Le 5 mai.

Je pars demain, et comme le lieu de ma naissance n'est qu'à six milles
de la grande route, je veux le revoir, je veux me retracer le souvenir des
songes heureux de ma jeunesse. J'entrerai par la même porte par où je
sortis avec ma mère, lorsqu'à la mort de mon père elle quitta cette agréable retraite, pour s'enfermer dans votre triste ville. Adieu, mon ami , tu
entendras parler de mon expédition.

LETTRE XLIX.

Le 9 mai.

J'ai accompli mon pélerinage au lieu de ma naissance avec toute la dé-
votion d'un vrai pélerin, et j'ai éprouvé bien des sensations inattendues.
Près du grand ormeau, à un quart de lieue de la ville, du côté de S..., je
descendis de voiture, et je l'envoyai en avant , pour jouir seul et à pied

avec plus de vivacité de tous mes souvenirs. J'étais donc là sous cet ormeau qui fut autrefois le but et le terme de mes promenades. Que les choses ont changé ! je soupirais alors dans mon heureuse ignorance après un monde qui m'était inconnu, où j'espérais trouver des jouissances dont mon cœur sentait si souvent le besoin. Maintenant je revenais de ce monde tant désiré, et qu'est-ce que j'en rapportais, mon ami ? Des espérances trompées, des plans renversés. Je remarquai les montagnes qui étaient devant moi, et je me rappelai qu'elles avaient été mille fois l'objet de mes vœux. J'étais quelquefois assis des heures entières à les contempler, et je brûlais d'envie de m'égarer à l'ombre de ces bois qui se présentaient à moi dans le sombre lointain, sous un point de vue si agréable. Avec quelle répugnance je quittais cette place chérie, lorsque l'heure du congé était passée ! En m'approchant de la ville, je saluai tous les petits jardins et pavillons de ma connaissance. Les nouveaux me faisaient de la peine, ainsi que tous les changemens qu'on avait faits depuis moi. J'entrai dans la petite ville et je me retrouvai tout à fait à mon aise. Je ne puis, mon cher ami, te rendre compte de tous les détails qui m'ont intéressé ; quelque touchans qu'ils aient été pour moi, la relation en serait monotone. J'avais résolu de loger sur la place du Marché, tout à côté de notre ancienne maison; je m'aperçus, en entrant, que notre chambre d'école, où nous élevait cette honnête vieille femme, était changée en boutique ; je me rappelai les larmes, les momens de stupidité, l'anxiété et les serremens de cœur que j'avais éprouvés dans cette cage. Je ne faisais point de pas qui ne fût remarquable ; un pélerin en Terre-Sainte ne rencontre pas autant de places qui lui offrent des souvenirs intéressans, et à peine a-t-il autant de mouvemens religieux. Un seul trait, sur mille autres : Je descendis le long du ruisseau jusqu'à une certaine métairie qui était aussi une de mes promenades favorites, et où nous nous exercions à faire des ricochets sur l'eau. Je me rappelai avec la plus grande vivacité comme j'étais là, suivant des yeux le cours de l'eau, et me faisant les idées les plus romanesques des pays qu'elle allait parcourir. Mon imagination était bientôt épuisée, mais l'eau coulait toujours, toujours plus loin, jusqu'à ce que je me perdais dans l'idée d'un invisible éloignement. Eh bien, mon ami, tel était précisément le sentiment de nos bons ancêtres. Lorsque Ulysse parle de la mer incommensurable et de la terre sans bornes, cela n'est-il pas plus vrai, plus naturel, plus senti, que lorsque, dans ce siècle, chaque écolier se croit un prodige, parce qu'il sait répéter, d'après ses maîtres, que la terre est ronde ?

Je suis à présent dans la maison de chasse du prince. Ce seigneur est d'un caractère naturel et vrai ; je me trouve assez bien avec lui : ce qui me fait quelquefois de la peine, c'est qu'il parle de choses qu'il a seulement lues, ou entendu dire à d'autres, et toujours sous le même point de vue qu'ils les lui ont présentées. Je suis fâché aussi qu'il estime plus mon esprit et mes talens que ce cœur qui fait tout mon orgueil, qui est seul la source de tout, des talens, du bonheur et de l'infortune. Ah ! chacun peut savoir ce que je sais ; mon cœur est à moi seul.

LETTRE L.

Le 25 mai.

J'avais en tête un projet que je voulais vous cacher jusqu'à ce qu'il fût accompli ; maintenant qu'il a échoué, autant vaut-il vous le dire : je voulais entrer au service, cela me tenait au cœur depuis long-temps ; c'est une des principales raisons qui m'a fait suivre ici le prince. Il est général au service de ***. Dans une promenade que nous venons de faire, je lui ai communiqué mon dessein ; il ne l'a point approuvé, et j'aurais été insensé de ne pas me rendre à ses raisons.

LETTRE LI.

Le 11 juin.

Dis tout ce qu'il te plaira, je ne puis rester ici plus long-temps : qu'y ferais-je ? Je m'ennuie. Le prince me traite comme son égal, il est vrai ; mais, malgré cela, je ne suis point dans mon centre. D'ailleurs, nous n'avons, dans le fond, rien de commun ensemble. C'est un homme d'esprit, mais d'un esprit ordinaire. Sa conversation ne m'intéresse pas plus que la lecture d'un livre bien écrit. Je resterai encore ici huit jours, et puis je veux courir le monde nouveau. Ce que j'ai fait ici de mieux, ce sont mes dessins ; le prince a du goût pour les beaux-arts, et en aurait encore davantage s'il n'était pas resserré par les froides règles et par les termes de l'art. Souvent je grince les dents quand, avec l'imagination la plus vive, je fais parler la nature et l'art, et qu'il croit, de son côté, faire merveille en jetant à la traverse quelques termes bien savans d'artiste.

LETTRE LII.

Le 18 juin.

Où j'irai bientôt ? Je veux te le dire en confidence. Je suis obligé de rester ici encore quinze jours ; après quoi je me suis imaginé qu'il convenait de voir les mines de ***. Mais il n'en est rien, je me trompe moi-même, je veux me rapprocher de Charlotte. Voilà tout... Je ne suis pas dupe de mon cœur, mais je lui obéis.

LETTRE LIII.

Le 29 juillet.

Non, c'est bien, tout est bien... Moi ! son époux ! O Dieu ! qui me formas, si tu m'avais destiné ce bonheur, ma vie, ma vie entière n'eût été qu'actions de grâce ! Je ne plaiderai point contre toi : pardonne-moi mes larmes... pardonne à des vœux impuissans !... Elle eût pu être mon épouse, j'aurais serré dans mes bras l'être le plus aimable qui soit sous le ciel !... Tout mon corps frissonne, mon ami, lorsque Albert passe un bras autour d'elle.

Et, le dirai-je ? Pourquoi ne le dirai-je pas ? elle eût été plus heureuse avec moi qu'avec lui. Non, Albert n'est point l'homme fait pour remplir les vœux de son cœur : il manque d'une certaine sensibilité ; il manque... Enfin, leurs cœurs ne battent point à l'unisson... Ah ! mon ami... Combien de fois, au milieu d'un passage de quelque auteur intéressant, où mon cœur et le cœur de Charlotte se rencontraient ; combien de fois, lorsque nos sentimens se développaient sur la situation d'un troisième, n'ai-je pas senti que nos cœurs étaient faits pour s'entendre ? Cher ami !... Mais il l'aime de toute son âme, et que ne mérite pas un tel amour ?

Un homme insupportable vient de m'interrompre. J'ai séché me
larmes, je suis distrait. Adieu, mon très cher ami.

LETTRE LIV.

Le 4 août.

Je ne suis pas le seul infortuné, tous les hommes sont trompés dans
leurs espérances ; tous les projets sont détruits. J'ai été voir ma bonne
femme sous le tilleul. L'aîné des garçons courut au devant de moi, et ses
cris de joie attirèrent la mère. Elle avait l'air fort triste : — Mon bon
monsieur, me dit-elle d'abord, hélas ! notre Janot est mort (c'était le cadet de ses enfans). Je me taisais. — Et mon mari, continua-t-elle, est
revenu de Hollande, sans argent ; il a pris la fièvre, et si de braves gens
ne lui avaient aidé, il aurait été obligé de demander l'aumône le long
du chemin. Je ne pus lui rien dire : je donnai quelque argent à l'enfant ;
elle m'offrit des pommes que j'acceptai, et je quittai tristement cet
endroit.

LETTRE LV.

Le 21 août.

Mes sensations varient avec la rapidité de l'éclair. Quelquefois un rayon
de joie semble vouloir me ranimer. Hélas ! il disparaît au bout d'une minute. Quand je me perds ainsi dans mes rêveries, je ne puis m'empêcher
de me dire : Si Albert mourait, tu serais... Oui, elle serait... Et je pour-
suis ma chimère jusqu'à ce qu'elle me conduise aux bords d'un abîme,
d'où je recule en frissonnant.

Quand je sors par la même porte, quand je parcours la même route
qui me conduisit pour la première fois vers Charlotte, mon cœur est oppressé : je sens avec amertume combien j'étais différent de ce que je suis
maintenant. Oui, tout, tout est évanoui, pas un sentiment, pas un seul
battement de cœur, pas un vestige du passé. Telles seraient les sensations qu'éprouverait l'ombre du prince, qui, ayant laissé à un fils chéri
un palais superbe élevé dans des temps heureux, le trouverait renversé,
détruit par un voisin plus puissant !

LETTRE LVI.

Le 3 septembre.

Souvent je ne puis comprendre comment elle en aime un autre,
comme elle ose en aimer un autre, tandis que je la porte dans mon
cœur, qu'elle le remplit en entier, que je ne connais qu'elle, que je ne
sais qu'elle, et que je n'ai qu'elle seule au monde !

LETTRE LVII.

Le 6 septembre.

Il m'en a bien coûté pour me défaire du frac bleu que je portais la première fois que je dansai avec Charlotte : il n'y avait plus moyen de le
produire. Mais j'en ai fait faire un autre précisément comme le premier,
et avec la veste et culotte jaunes.

Il ne produit cependant pas la même impression sur moi. Je ne sais...
J'espère qu'avec le temps il me sera aussi cher.

LETTRE LVIII.

Le 15 septembre.

On serait tenté de se donner au diable, mon ami, quand on pense à tous les êtres méprisables que Dieu permet qui rampent sur la terre, sans nulle idée, sans sentiment de ce qui peut intéresser les autres. Tu connais ces noyers sous lesquels j'étais assis avec Charlotte chez l'honnête pasteur de S... Les beaux noyers si chers à mon cœur, comme ils embellissaient la cour de la cure! quelle fraîcheur! que leur ombre était respectable! avec quelle douce sensibilité on retournait en arrière, jusqu'aux bons pasteurs qui les plantèrent! Le maître d'école nous a souvent dit le nom de celui qui planta le plus ancien. Il le tenait de son grand-père. C'était un excellent homme que ce pasteur; et sous ces arbres, son respectable souvenir se retraçait toujours à moi. Mon ami, le maître d'école avait hier les larmes aux yeux en nous disant que ces arbres étaient coupés... Coupés! je pourrais, dans ma rage, massacrer le coquin qui a porté le premier coup; moi qui m'affligerais si j'avais ainsi deux arbres dans ma cour, et qu'il en pérît un de vieillesse, il faut que je souffre ceci. Mais, mon cher ami, j'ai pourtant une consolation; ce que c'est que le sentiment! Tout le village murmure, et j'espère que la femme du pasteur ne recevra plus de présens de ces bons paysans et se ressentira du tort qu'elle a fait au village; car c'est elle, la femme du nouveau pasteur (notre bon vieillard est mort), une grande créature, maigre, sèche, languissante, qui a raison de ne se point intéresser au monde, puisque personne ne s'intéresse à elle; une bégueule qui fait la savante, qui s'avise de faire des recherches sur les livres canoniques, qui travaille à la nouvelle réformation critique et morale du christianisme, et qui hausse les épaules en parlant de l'enthousiasme de Lavater. Sa santé est détruite et l'empêche de goûter aucun plaisir ici bas. Il n'y avait qu'un être semblable qui pût faire couper mes noyers; non, je n'en reviens point. Veux-tu savoir ses raisons? Les feuilles qui tombaient rendaient la cour humide et malpropre; les arbres lui dérobaient de la lumière; les petits garçons jetaient des pierres contre les noix, et ce bruit affectait ses nerfs, et la troublait dans ses profondes méditations, lorsqu'elle pèse dans sa balance Kennicot, Somler et Michaelis. Voyant les gens du village, surtout les plus âgés, si mécontens : — Pourquoi l'avez-vous souffert? leur ai-je demandé. — Eh! monsieur, que pouvons-nous faire, nous autres paysans, quand le bailli ordonne? Mais il est arrivé quelque chose de fort bon : le pasteur, qui voulait tirer une fois parti des fantaisies de sa femme, comptait partager les arbres ensemble. La chambre des finances l'apprit, s'en est emparée, et les a vendus à l'enchère. Ils sont encore là, renversés par terre. Oh! si j'étais prince, comme je traiterais le pasteur, le bailli, la chambre!... Prince... Bon, si j'étais prince, comme je m'embarrasserais des arbres de mon pays!...

LETTRE LIX.

Le 10 octobre.

Voir seulement ses yeux noirs est pour moi le bonheur; mais ce qui m'afflige, c'est qu'Albert ne paraît pas aussi heureux qu'il l'espérait, que je l'aurais été si... Je n'aime pas trop les suspensions, mais ici je ne puis m'exprimer autrement. Eh! mon Dieu, ne suis pas assez clair?

LETTRE LX.

Le 12 octobre.

Ossian a pris dans mon cœur la place d'Homère. Dans quel monde me conduit le barde illustre! Errer dans des bruyères, enveloppé de tourbillons impétueux qui portent les esprits de nos ancêtres, qu'on entrevoit à la faible clarté de la lune; entendre du haut des montagnes, parmi le bruit des torrens, leurs sons plaintifs sortir des cavernes, et les gémissemens douloureux d'une jeune fille qui soupire et se meurt sur la tombe couverte de mousse du noble guerrier dont elle fut adorée! Je le rencontre, ce barde à cheveux blancs; il erre dans le vallon, il cherche les traces de ses pères. Hélas! il ne trouve que leurs tombeaux. Alors il contemple en gémissant l'astre brillant du soir, qui se cache derrière les vagues de la mer agitée, et les temps passés se retracent vivement dans le sein du héros; ces temps où l'apparence du danger était chère à son cœur et ranimait son âme, où l'astre de la nuit brillait sur son vaisseau, qu'il ramenait chargé des dépouilles des vaincus, et éclairait son triomphe. Lorsque je lis sur son front la douleur profonde, lorsque je vois sa gloire affaiblie chanceler vers la tombe, lorsqu'il jette un regard sur la terre froide qui doit le couvrir, et qu'il s'écrie : « Le voyageur viendra; il viendra celui qui a vu ma beauté, et il demandera où est le barde, où est l'illustre fils de Fingal; il marchera sur ma tombe, et il me demandera en vain. » Oh! mon ami, je pourrais à l'instant, ainsi qu'un noble écuyer, tirer l'épée, et sauver d'un seul coup mon prince d'une longue et douloureuse langueur, puis la plonger dans mon sein pour suivre le demi-dieu que ma main aurait délivré.

LETTRE LXI.

Le 19 octobre.

Ah! ce vide, ce vide effrayant que je sens dans mon sein, souvent je pense... Si tu pouvais une fois, une seule fois la serrer contre ton cœur, tu serais guéri.

LETTRE LXII.

Le 26 octobre.

Je suis certain, mon cher ami, toujours plus certain, que l'existence d'un être quelconque est peu importante, très peu importante. Charlotte a reçu la visite d'une amie : je me suis retiré dans la chambre à côté pour prendre un livre; je ne puis lire, et je t'écris. Je les entends; elles ne parlent que de nouvelles de la ville. Celle-ci se marie, celle-là est malade, très malade. Elle a une toux sèche, de fréquens évanouissemens. — Elle n'en saurait revenir, dit l'une.— N... est aussi fort mal, dit Charlotte. — Il a déjà de l'enflure, répond l'autre. Et mon imagination me transporte près du lit de ces pauvres malades; je les vois lutter avec douleur et effroi contre la mort qui s'approche. Je les vois; et ces bonnes petites femmes parlaient de tout cela du ton dont on parle de la mort d'un étranger. Et quand je regarde l'appartement où je suis, quand je

vois autour de moi les ajustemens de Charlotte, ici, sur cette petite table,
ses boucles d'oreilles, les papiers d'Albert, tous ces meubles enfin qui
me sont si familiers, l'écritoire même dont je me sers, et que je pensais :
Ce que tu es à cette maison? tout; tes amis t'estiment, tu fais souvent
leurs délices; il semble à ton cœur que sans eux rien ne peut être, et cependant, si tu partais maintenant, si tu quittais ce cercle, sentiraient-ils,
combien de temps sentiraient-ils le vide que ta perte laisserait dans leur
sort, combien de temps? Oui, telle est la fragilité de l'homme, que là
même où il sent le plus son existence, où sa présence fait une impression vraie, énergique dans le souvenir de l'âme de ceux qui lui ont été
chers, il faut aussi qu'il s'éteigne, qu'il s'évanouisse, et cela si promptement!

LETTRE LXIII.

Le 27 octobre.

Je serais tenté de me déchirer le sein, de me casser la tête, lorsque je
vois combien il est difficile de communiquer aux autres nos idées, nos
sensations, de les associer à nous d'une manière intime. Un autre ne me
donnera pas l'amour, la joie, la chaleur et la volupté qui ne sont point
en moi, et, avec un cœur pénétré du sentiment le plus vif, je ne ferai
point le bonheur de celui qui est devant moi sans chaleur et sans force.

LETTRE LXIV.

Le 30 octobre.

N'ai-je pas déjà été cent fois sur le point de la serrer dans mes bras?
Quel tourment que celui de voir passer et repasser devant soi tant d'a-
grémens, tant de charmes, et de n'oser y toucher! Et le toucher est cependant un mouvement naturel; les enfans ne touchent-ils pas tout ce
qu'ils voient? et moi...

LETTRE LXV.

Le 3 novembre.

Combien de fois, en me mettant au lit, n'ai-je pas souhaité, n'ai-je pas
espéré même de ne me réveiller jamais? et le matin je rouvre les yeux, je
revois le soleil, et je suis malheureux. Oh! que ne suis-je hypocondre!
que ne puis-je attribuer mes maux au mauvais temps, au chagrin d'une
entreprise échouée, aux persécutions d'un ennemi! Le poids insupportable du mécontentement ne pèserait pas en entier sur moi. Malheur à
moi! Oui, je ne le sens que trop, je fais moi seul mon infortune; ce
même sein, qui renfermait autrefois la source de toutes les délices, con-
tient maintenant la source de tous les tourmens. Ne suis-je pas ce même
homme qui n'éprouvait que d'agréables sensations, qui à chaque pas
voyait un paradis, et dont le cœur pouvait chérir, pouvait contenir tout
un monde? Il est mort, ce cœur, il est mort au sentiment; mes yeux sont
secs, et mes sens, qui ne sont plus rafraîchis par des larmes délicieuses,
flétris et desséchés, consument mon cerveau. Je souffre beaucoup; j'ai
perdu le seul charme de ma vie, cette force sacrée et active qui créait
autour de moi des mondes : elle n'est plus. J'aperçois de ma fenêtre les
collines les plus éloignées; le soleil se lève, il perce et déchire les brouil-

lards, il découvre la prairie, il l'éclaire. Je vois ce fleuve tranquille serpenter doucement à l'entour des saules dépouillés de feuilles. La nature déploie ses beautés à mes yeux, m'étale le tableau le plus intéressant, et mon cœur n'en est point ému ; et je suis là aveugle, insensible et glacé. Combien de fois ne me suis-je pas prosterné ! combien de fois n'ai-je pas invoqué le Seigneur avec larmes, ainsi que le laboureur demande au ciel ses rosées pour rafraîchir les blés desséchés !

Mais, je le sens, Dieu n'accorde pas la pluie et le soleil à d'importunes prières. Ces temps dont le souvenir me tourmente, pourquoi étaient-ils si fortunés ? C'est qu'alors j'attendais avec patience les bienfaits du Créateur ; je les recevais d'un cœur pénétré et reconnaissant.

LETTRE LXVI.

Le 8 novembre.

Elle m'a reproché mes excès avec tant de bonté... Pour m'étourdir, mon ami, depuis quelque temps je bois plus de vin qu'à l'ordinaire. — Ne le faites pas, m'a-t-elle dit, pensez à Charlotte. Penser à Charlotte ! l'avis est nécessaire : j'y pense. — Mais non, je n'y pense point ; toujours vous êtes devant mes yeux, toujours vous êtes dans mon cœur. Ce matin encore, j'étais assis à la place où vous vous arrêtâtes la dernière fois. Elle a changé de discours. Mon cher ami, je ne suis plus rien, elle fait de moi ce qu'il lui plaît.

LETTRE LXVII.

Le 15 novembre.

Je te remercie, mon ami, du tendre intérêt que tu me témoignes, des bons conseils que tu me donnes, et je te prie d'être tranquille. Laisse-moi souffrir ; au milieu de mes maux, il me reste encore assez de force pour les supporter jusqu'au bout. Je révère la religion, tu le sais ; je sens qu'elle donne souvent de la force au faible, du soulagement à l'affligé. Mais fait-elle, doit-elle faire cette impression sur tous ? Parcours ce vaste univers ; tu verras des millions d'hommes pour qui elle n'a point existé, et des millions pour qui, prêchée ou non prêchée, elle n'existera jamais. Le fils de Dieu ne dit-il pas lui-même qu'il sera entouré de ceux que le père lui aura donnés ? Si donc je ne lui suis pas donné, si le père veut me garder pour lui, ainsi que me le dit mon cœur... N'interprète pas mal ceci, je t'en prie ; ce n'est point une plaisanterie, c'est mon âme tout entière que je te montre à découvert ; sans cela j'aimerais mieux avoir gardé le silence : je n'aime point à raisonner en vain sur des choses que nous ignorons également. Quel est le destin de l'homme ? d'accomplir sa mesure de souffrance et de vider sa coupe ; et si le calice parut amer même au Dieu du ciel, affecterai-je un fol orgueil, et dirai-je que ma coupe est douce ? Pourquoi rougirais-je de trembler dans la minute d'effroi où mon âme sera suspendue entre l'existence et le néant, quand la dissolution luira comme un éclair sur le sombre précipice de l'avenir, que tout roulera autour de moi, et que le monde entier s'évanouira avec mon âme ? Voici la voix de la créature oppressée sans ressource, qui sent en frémissant qu'elle ne peut échapper à la destruction : — Mon Dieu, pourquoi m'as-tu abandonné ? Rougirais-je d'employer cette expression ? Celui qui étend les cieux comme un voile a frémi lui-même.

LETTRE LXVIII.

Le 20 novembre.

Elle ne voit pas, elle ne sent pas qu'elle me prépare un poison qui nous perdra l'un et l'autre; et moi j'avale à longs traits ce poison mortel qu'elle me présente. Que veulent dire ces regards de bonté qu'elle jette quelquefois sur moi? sa complaisance pour les traits de sentiment qui m'échappent, et la compassion qui paraît sur son front?

Hier, quand je la quittai, elle me tendit la main; elle me dit : — Adieu, mon cher Werther. *Cher Werther!* C'était la première fois qu'elle me donnait ce nom de cher; il pénétra jusqu'au fond de mon cœur; je l'ai répété cent fois depuis; et ce soir, en me couchant, je me suis mis à dire tout d'un coup : Bonsoir, *mon cher Werther*, et j'ai été obligé d'en rire.

LETTRE LXIX.

Le 24 novembre.

Elle sent ce que je souffre. Je l'ai trouvée seule; je gardais le silence. Elle m'a fixé : les charmes de la beauté, le brillant du génie, tout avait disparu. Mais j'ai vu sur ses traits une impression bien plus touchante, l'impression profonde d'une douce compassion et du plus tendre intérêt. Pourquoi n'osai-je me jeter à ses pieds? pourquoi n'osai-je passer mes bras autour de son cou et lui répondre par mille baisers? Elle eut recours à son clavecin, et, d'une voix basse et douce, l'accompagna de sons harmonieux. Jamais ses lèvres ne me parurent plus charmantes ; on eût dit qu'elles s'entr'ouvraient pour recevoir les tons de l'instrument, et les renvoyer à demi. Mais qui pourrait exprimer de telles sensations! Je fus bientôt subjugué ; je me baissai, et prononçai ce serment : — Lèvres charmantes, sur lesquelles voltigent des esprits célestes, non, jamais je n'entreprendrai de vous profaner... Et cependant je voudrais... Ah! mon ami, c'est comme si on tirait un rideau devant mon cœur. Goûter cette félicité et mourir est expier mes péchés. Mes péchés !...

LETTRE LXX.

Le 30 novembre.

C'en est fait, je le vois, mon sort est décidé; tout redouble mes maux, tout marque mon destin; aujourd'hui encore...

Je suis allé me promener aux bords de la rivière à l'heure du repas ; je n'avais point d'appétit. La campagne était sombre et déserte, un vent d'ouest froid et humide soufflait de la montagne, des nuages gris et chargés s'avançaient sur la plaine. J'ai aperçu de loin un homme dans un mauvais habit vert; il errait parmi les rochers, et paraissait chercher des plantes. A mon approche, il s'est retourné, et j'ai vu une physionomie intéressante, où régnait une douleur tranquille; de beaux cheveux noirs flottaient sur ses épaules. — Que cherchez-vous, mon ami? — Je cherche, m'a-t-il répondu avec un profond soupir, je cherche des fleurs... et je n'en trouve point. — Mais ce n'est pas la saison. — Il y a tant de fleurs! J'ai dans mon jardin des roses et du chèvrefeuille de deux espèces; je tiens l'une de mon père, elles croissent partout : je les cherche depuis

deux jours, et ne puis les trouver. Il y a aussi des fleurs là-haut, des
jaunes, des bleues et des rouges, et cette centaurée a aussi une jolie petite fleur... je n'en puis trouver aucune. — Et que voulez-vous faire de
ces fleurs? Il mit son doigt sur la bouche en souriant mystérieusement.
— Ne me trahissez pas : j'ai promis un bouquet à ma maîtresse. — C'est
fort bien fait à vous. — Elle a bien d'autres choses : elle est fort riche.—
Et cependant elle aime vos bouquets? — Oh! elle a des bijoux et une
couronne. — Qui est-elle? — Si les États généraux me payaient, je serais
un tout autre homme. Ah! il y a eu un temps où j'étais si bien! ce
temps n'est plus, je suis maintenant... Il a levé vers le ciel un œil humide. — Vous étiez donc heureux? — Hélas! que ne suis-je encore de
même! J'étais si bien, si gai, aussi content qu'un poisson dans l'eau. —
Henri! s'est mise à crier une vieille femme qui venait à nous; Henri! où
es-tu donc? nous t'avons cherché partout... Viens dîner! — Est-ce là
votre fils? — Oui... mon pauvre fils. Le Seigneur m'a envoyé cette afflic-
tion. — Y a-t-il long-temps qu'il est dans cet état? — Il n'y a qu'une
demi-année qu'il est si tranquille, et j'en remercie le ciel. Il a été toute
une année furieux et enchaîné dans la maison de force. Maintenant il ne
fait de mal à personne; mais il ne parle que de rois et d'empereurs. Il
était d'un fort bon caractère; il aidait à ma subsistance; il avait une
belle main. Et tout d'un coup il parut mélancolique, prit une fièvre
chaude, devint furieux; et il est à présent comme vous le voyez. Si je
vous racontais, monsieur... J'interrompis tout ce babil en lui demandant
quel était ce temps où il se vantait d'avoir été si heureux? — Le pauvre
fou! s'écria-t-elle avec un sourire de pitié, c'est le temps où il avait perdu
l'esprit; il ne cesse de le regretter. C'est le temps où il était enfermé, et
absolument insensé. Ce fut pour moi un coup de foudre. Je lui mis quelque argent dans la main, et je m'enfuis.

Tu étais heureux! m'écriai-je en marchant vers la ville à pas préci-
pités; tu étais comme un poisson dans l'eau!

Dieu du ciel! est-ce là le destin de l'homme! n'est-il heureux qu'avant
de posséder la raison, et après l'avoir perdue? Tu es malheureux, et j'envie ton sort; j'envie le désordre de tes sens : tu vas plein d'espérance
cueillir des fleurs à ta souveraine... en hiver! Et tu t'affliges de n'en
trouver aucune, et tu ne comprends pas pourquoi tu n'en trouveras aucune? et moi... Et moi, je marche sans espérances et sans but, et je
retourne comme je suis venu. Tu rêves que tu serais un homme d'im-
portance si les États généraux te payaient : tu es heureux de pouvoir attribuer ton malheur à une puissance étrangère... Tu ne sens point, tu ne
sens pas que ta misère est dans ton cœur agité, dans ta cervelle déran-
gée, et que tous les rois de la terre ne peuvent te rétablir.

Qu'il meure sans consolation celui qui rit du malade qui va chercher
dans des sources éloignées un accroissement de maux et une mort plus
douloureuse, ou qui s'élève au dessus du cœur oppressé, qui, pour satisfaire sa conscience, pour diminuer les souffrances de son âme, fait un
pélerinage en Terre-Sainte! Chaque pas qui déchire ses pieds dans des
chemins non battus est une goutte de baume pour son âme agitée, et
chaque soirée voit son cœur plus soulagé. Osez-vous nommer cela extravagance, vous qui montez sur des échasses pour y prononcer de grands
mots? Extravagance!... O Dieu! tu vois mes larmes... Tu nous fis assez
misérables : fallait-il encore que tu nous donnasses des frères qui nous

persécutent, qui veulent nous priver de toute consolation , nous enlever
la confiance que nous avons en toi, en toi, qui es tout amour ; car c'est
de toi que nous vient la vigne qui console, la racine qui nous guérit. Oui.
c'est toi qui as placé tout autour de nous, le soulagement et la guérison.
Père que je ne connais pas ; père qui remplissais autrefois mon âme entière, mais qui maintenant détournes de moi ta face, appelle-moi, parle à
mon cœur! C'est en vain que ton silence voudrait retarder une âme qui
soupire après toi! Quel est l'homme, quel est le père qui pourrait avoir
du ressentiment contre son fils , s'il paraissait tout à coup devant lui et
l'embrassait en s'écriant : « Me voici, mon père ; pardonne, si j'ai abrégé
mon voyage, si je suis de retour avant le terme que tu m'avais prescrit.
Le monde est partout le même ; peines et travaux ; récompenses et plaisirs, tout m'était indifférent ; je ne suis bien qu'auprès de toi ; c'est en ta
présence que je veux souffrir ou jouir. » Et toi , père céleste et chéri .
bannirais-tu un tel homme de ton auguste présence ?

LETTRE LXXI.

Le 1er décembre.

Mon ami, cet homme que je t'ai dépeint, cet heureux infortuné, il était
écrivain du père de Charlotte ; il prit pour elle une passion malheureuse.
la nourrit , la cacha , enfin la découvrit, fut congédié , et devint ce que
je l'ai vu hier. Juge quelle impression ont faite sur moi ce peu de mots
qu'Albert m'a dits aussi tranquillement que tu les lis peut-être.

LETTRE LXXII.

Le 4 décembre.

C'en est fait, mon cher ami, je ne puis supporter mon état plus long-
temps ; j'étais assis près d'elle aujourd'hui ; elle jouait du clavecin avec
une expression que je ne saurais te rendre. Sa petite sœur ajustait sa
poupée sur mes genoux, des larmes ont coulé. Tout à coup elle s'est mise
à jouer cet air divin qui m'a tant de fois enchanté. J'ai senti mon âme
consolée ; mais bientôt je me suis rappelé le souvenir de tout le passé .
des temps où j'avais entendu le même air ; des douleurs, des espérances
trompées ; et alors je me suis mis à marcher à grands pas dans la chambre.
J'étouffais. — Au nom de Dieu ! ai-je dit enfin en m'avançant près d'elle
avec vivacité , au nom de Dieu, cessez de jouer cet air-là ; elle s'est ar-
rêtée , m'a regardé fixement , et m'a dit avec un sourire qui a pénétré
mon cœur : — Werther, vous êtes très malade, vos mets favoris ne vous
plaisent plus ; allez, je vous en supplie, allez vous reposer. Je me suis
arraché d'elle. Grand Dieu ! tu vois mes tourmens, tu les termineras !

LETTRE LXXIII.

Le 6 décembre.

Comme son image me poursuit ! éveillé, rêvant, toujours elle remplit
mon âme. Ici, quand je ferme les yeux, ici dans mon cerveau où mes
nerfs se réunissent, sont fixés ses yeux noirs. Ici... Je ne puis m'exprimer : mais si je ferme mes yeux, les siens sont là devant moi comme
une mer, comme un précipice, et occupent les fibres de mon cerveau.
Qu'est-ce que l'homme, ce demi-dieu si vanté ? les forces ne lui man-

quent-elles pas au moment même où elles lui sont le plus nécessaires?
et soit qu'il nage dans la joie, soit qu'il plie sous le poids de la douleur,
n'est-il pas obligé de s'arrêter, de retourner en arrière à sa première
existence froide, tandis qu'il aspirait à se perdre dans l'étendue de l'infini?

LETTRE LXXIV.

Le 8 décembre.

Mon cher ami, je suis dans l'état que doivent avoir éprouvé les malheureux qu'on a crus possédés du démon ; souvent il me prend un mouvement extraordinaire : ce n'est point angoisse, ce n'est point désir, c'est
une rage intérieure et inconnue, qui menace de déchirer mon sein, et
qui me saisit à la gorge. Malheur! malheur à moi! alors je cours, alors
je vais errer dans les scènes sombres et lugubres qu'étale cette saison
ennemie de l'homme.

Hier au soir encore je fus obligé de sortir de la ville; on m'avait dit
que le fleuve et les ruisseaux des environs s'étaient débordés et avaient
inondé toute ma plaine chérie ; j'y courus après onze heures du soir.
Quel spectacle imposant et lugubre! la lune était cachée; j'entrevis, au
travers de quelques rayons qui s'échappaient, les flots agités qui se
déchaînaient sur les champs, les prés et les buissons; toute la vallée
n'était qu'une mer orageuse, tourmentée par un vent bruyant; la lune
reparut ; elle se reposa sur un nuage noir. Son éclat redoubla le désordre
de la nature; le vent faisait mugir les ondes, et les échos répétaient leurs
mugissemens. Je frissonnai, je désirai, je m'approchai de l'abîme, je
tendis les bras, je me baissai en soupirant et je me perdis dans l'idée délicieuse d'y précipiter toutes mes souffrances, tous mes tourmens, et d'y
rouler avec les flots agités et bruyans. Quoi! tu ne pus détacher tes pieds
de la terre, et terminer ainsi tes maux?... Mon heure n'est pas encore
venue, je le sens; mon ami, avec quel plaisir n'aurais-je pas changé de
nature, pour m'élancer avec les tourbillons, déchirer les nuées et tourmenter les flots? Mais un jour peut-être pourrai-je sortir de ma prison,
et goûter ces délices.

J'abaissai tristement mes regards sur une petite place où j'avais été
assis près d'un saule, à côté de Charlotte, après une promenade d'été; elle
était aussi couverte par les flots. A peine pus-je encore entrevoir le saule.
Ah! pensai-je, la prairie, le terrain autour de la maison de chasse, nos
cabinets de verdure, tout est ravagé par les torrens, sans doute : et le
souvenir des temps passés pour toujours, entra dans mon cœur. — C'est
ainsi que des songes retracent au prisonnier qui sommeille tous les biens
qu'il a perdus. Je m'arrêtai. Je ne m'en fais point de reproches, j'ai le
courage de mourir; — j'aurais... Me voici maintenant comme une vieille
femme qui ramasse du bois sec le long des haies, qui mendie son pain
de porte en porte, pour adoucir, pour prolonger d'une minute sa triste
et faible existence.

LETTRE LXXV.

Le 17 décembre.

Qu'est-ce donc, mon cher ami? je m'inspire moi-même de l'effroi; mon
amour pour elle n'est-il pas le plus sacré, le plus pur, n'est-il pas l'amour
d'un frère? Mon cœur forma-t-il jamais un vœu criminel? Je ne ferai

point de sermens, et maintenant des songes. Oh ! qu'ils avaient bien raison, ces hommes qui attribuaient des mouvemens opposés à des puis-
sances étrangères ! Cette nuit, je tremble en le disant, cette nuit je la
tenais dans mes bras, je la serrais contre mon sein, et je couvrais de baisers enflammés ses lèvres tremblantes. La volupté se peignait dans ses
yeux, les miens partageaient leur ivresse. Grand Dieu ! suis-je coupable
de sentir, en ce moment encore, du bonheur à me rappeler vivement'ces
transports ! Oh ! Charlotte ! Charlotte !... c'est fait de moi ; mes sens s'éga-
rent, depuis huit jours je ne suis plus à moi-même ; mes yeux sont remplis de larmes ; je suis également bien partout, et ne suis bien nulle part ;
je ne désire rien, ne demande rien. — Ah ! je ferais beaucoup mieux de
partir !

L'ÉDITEUR AU LECTEUR.

Pour donner une relation suivie des derniers jours de notre ami, je me
vois obligé d'interrompre le cours de ses lettres, par un récit dont Charlotte, Albert, son propre domestique, et quelques autres témoins m'ont
fourni les détails.

La passion de Werther avait insensiblement altéré l'harmonie qui régnait entre les deux époux. La tendresse d'Albert pour sa femme était
sincère, mais calme, et subordonnée par degrés à ses affaires. Il est vrai
qu'il ne s'avouait point cette différence entre les jours de l'amant et ceux
de l'époux ; mais il sentait dans son cœur un certain mécontentement
des attentions marquées de Werther pour Charlotte. C'était empiéter sur
ses droits, c'était lui faire de secrets reproches. Ce sentiment augmentait le chagrin que lui causaient des occupations accumulées, embarras-
santes et mal récompensées. Les peines qui consumaient le cœur de Werther avaient épuisé les forces de son génie, sa vivacité, sa pénétration ;
son commerce devint triste et languissant. Cette disposition devait natu-
rellement influer sur Charlotte qui le voyait tous les jours : elle tomba
dans une espèce de mélancolie, dans laquelle Albert crut découvrir les
progrès d'un penchant pour son amant ; et Werther, un chagrin profond
du changement de conduite de son époux. La défiance des deux amis
rendit leur commerce réciproque très pénible. Albert évita l'appartement
de sa femme, lorsque Werther y était ; et Werther, qui s'en aperçut,
après quelques vains efforts pour cesser de voir Charlotte, profita des
occasions où Albert était occupé. Le mécontentement et l'aigreur des esprits augmentèrent, et enfin Albert dit à sa femme, assez sèchement,
qu'elle devrait, ne fût-ce que pour le public, vivre autrement avec Werther, et ne pas le recevoir aussi fréquemment.

Environ dans le même temps, la résolution de quitter ce monde s'était
fortifiée dans l'âme de l'infortuné jeune homme. C'était, dès long-temps,
son idée favorite, et surtout depuis son retour auprès de Charlotte : il
l'avait toujours entretenue ; mais il ne voulait point commettre cette action
d'une manière précipitée ni téméraire ; il était décidé à ne faire ce pas
qu'en homme bien persuadé, résolu, mais tranquille.

On entrevoit ses doutes et ses combats dans ce fragment qu'on a trouvé
sans date parmi ses papiers, et qui était, suivant les apparences, le commencement d'une lettre à son ami.

« Sa présence, son sort, l'intérêt qu'elle prend au mien, expriment
encore quelques larmes de mon cerveau desséché...

4

» On relève la toile, on passe de l'autre côté, voilà tout ! Et pourquoi tous ces retardemens, toutes ces craintes?... Parce qu'on ignore ce qu'il y a là derrière, et qu'on n'en revient point, et que notre esprit est porté à ne voir que confusion et ténèbres dans ce qui est incertain. »

Le chagrin qu'il avait essuyé, étant secrétaire d'ambassade, ne s'effaça jamais de sa mémoire. Lorsqu'il lui arrivait d'en parler, ce qui était rare, on sentait aisément qu'il regardait son honneur comme blessé sans ressource par cette aventure, et qu'il avait pris du dégoût pour toutes les affaires et occupations politiques. Il se livra donc entier aux idées singulières et aux sentimens répandus dans ses lettres, et à une passion sans bornes qui dut à la fin consumer tout ce qui pouvait lui rester de vigueur. L'éternelle monotonie d'un triste commerce avec la femme la plus aimable et la plus aimée, dont il troublait le repos, ses chocs, ses combats, ses travaux sans but, sans dessein, le poussèrent enfin à terminer ses jours.

LETTRE LXXVI.

Le 20 décembre.

Il faut que je parte; je te remercie, mon cher ami, d'avoir relevé ce mot si à propos. Oui, sans doute, il vaut mieux que je parte. Le projet de retourner auprès de vous ne me plaît pas en entier; du moins ferais-je volontiers un détour, surtout vu l'espérance où nous sommes de la gelée et des beaux chemins. Je suis charmé que tu veuilles bien venir me chercher; je te prie seulement de différer d'une quinzaine de jours et d'attendre une seconde lettre. Il ne faut rien cueillir avant la maturité, et quinze jours de plus ou de moins font une grande différence. Dis à ma mère qu'elle prie pour son fils, et que je lui demande pardon de tous les chagrins que je lui ai causés; j'étais destiné à affliger ceux auxquels j'aurais dû procurer des plaisirs. Adieu, mon cher, mon très cher ami. Que toutes les bénédictions du ciel reposent sur toi. Adieu!

Le même jour (c'était le dimanche avant les fêtes de Noël), Werther alla le soir chez Charlotte et la trouva seule. Elle était occupée à préparer de petites étrennes qu'elle voulait distribuer à ses frères et sœurs, la veille de Noël. Il se mit à parler du plaisir qu'auraient les enfans, de l'âge où l'ouverture de la porte et l'apparition subite de l'arbre orné de bougies, de sucreries et de pommes, causaient des transports de joie. — Vous aurez, dit Charlotte, en cachant son embarras sous un aimable sourire, vous aurez aussi vos étrennes, si vous êtes sage. — Qu'appelez-vous être sage ? s'écria-t-il; comment dois-je l'être, comment puis-je l'être, ma chère Charlotte ?—C'est jeudi soir la veille de Noël, les enfans viendront, mon père aussi; chacun aura son présent, venez-y de même, mais ne revenez pas plus tôt. Werther fut vivement frappé. — Je vous le demande, il le faut; je vous le demande en grâce, pour mon repos, pour ma tranquillité. Non, les choses ne sauraient rester plus long-temps sur ce pied. Il détourna les yeux, parcourut la chambre à grands pas, et murmura entre ses dents : *Les choses ne sauraient rester plus long-temps sur ce pied!* Charlotte, voyant l'état violent où ces mots l'avaient plongé, cherchait à le distraire par différentes questions. Mais ce fut en vain. — Non, Charlotte, s'écriat-il, je ne vous reverrai plus. — Pourquoi cela, Werther? vous pouvez, vous devez nous revoir, seulement avec plus de modération. Oh! pourquoi deviez-vous naître avec cette vivacité, avec cette passion excessive et indomptable pour tout ce qui vous intéresse? Je vous en prie, continua-t-elle en lui prenant la main, modérez-vous; quelle variété de plaisirs ne vous promettent pas votre génie, vos lumières, vos talens? Soyez homme, et détournez ce triste attachement d'une personne qui ne peut que vous plaindre. Il grinçait des dents et la regardait d'un air sombre. Elle retint sa main. — Accordez-moi une minute de tranquillité, Werther. Ne sentez-vous pas que vous vous trompez, que vous vous perdez volontairement? Pourquoi donc moi, précisément moi qui appartiens à un autre? je crains, je crains fort que ce ne soit la difficulté de me posséder qui rende ce désir aussi vif. Il retira sa main de la sienne en la fixant d'un air farouche. — Cela est très bien dit, très bien dit! s'écria-t-il; Albert ne vous a-t-il point fourni cette réflexion? elle est profonde, très profonde. — Chacun peut la faire aisément; eh quoi! n'y aurait-il pas dans tout l'univers une femme libre qui pût remplir les vœux de votre cœur? Prenez sur vous-même, cherchez-la, et je vous jure que vous la trouverez. Depuis long-temps je redoute pour vous et pour nous le cercle étroit dans lequel vous vous êtes enfermé; faites un effort sur vousmême : un voyage peut et doit vous distraire. Cherchez, trouvez un objet digne de toute votre tendresse, et revenez ici goûter avec nous les délices d'une amitié parfaite.

— On pourrait, dit Werther avec un sourire amer, on pourrait faire imprimer ces paroles pour l'instruction de tous les instituteurs, ma chère Charlotte; laissez-moi seulement encore un peu de repos, et tout ira bien. — Mais, du moins, Werther, ne venez pas avant la veille de Noël. Il allait répondre lorsqu'Albert entra. Werther et lui se saluèrent froidement et se promenèrent par la chambre d'un air embarrassé. Ils commencèrent des discours sans suite, qui cessèrent bientôt. Albert demanda compte à sa femme de quelques commissions qu'il lui avait données; et, ne les trouvant pas faites, lui adressa des mots piquans qui percèrent le cœur de Werther. Il voulait se retirer, il n'en avait pas la force, et il resta dans cette situation jusqu'à huit heures. L'aigreur augmentait de plus en plus; enfin on dressa la table, et il prit congé, tandis qu'Albert lui proposait assez froidement de rester à souper.

Il revint chez lui, prit la lumière des mains de son domestique, et monta seul à sa chambre. On l'entendit pleurer, parler avec émotion, se promener à grands pas. Il se jeta enfin tout habillé sur son lit, où son domestique le trouva à onze heures du soir, qu'il hasarda d'entrer pour lui tirer ses bottes. Il le laissa faire et lui défendit de paraître le lendemain avant qu'il l'appelât.

Le lundi matin, vingt-unième de décembre, il écrivit la lettre suivante, qu'on trouva après sa mort cachetée sur son bureau, et qu'on remit à Charlotte. Je vais l'insérer ici par fragmens, comme il résulte par les circonstances qu'elle a été écrite :

« C'en est fait, Charlotte, je veux mourir! je te l'écris de sang-froid, sans transports romanesques, le matin du jour où je te reverrai pour la dernière fois. Au moment même où tu lis ces lignes, ô la meilleure des femmes! une froide tombe couvre déjà les restes inanimés de l'homme agité, malheureux, qui, dans les derniers instans de sa vie, ne connaît point de plus grande volupté que celle de s'entretenir avec toi.

» J'ai passé une nuit affreuse, mais non, une nuit bienfaisante; c'est elle qui m'a déterminé, qui m'a décidé : je veux mourir. Lorsque je m'arrachai hier d'auprès de toi, tous mes sens étaient dans le plus grand tumulte, mon cœur était oppressé, l'espérance et l'ombre du plaisir s'étaient enfuis pour toujours loin de moi, et un froid glaçant entourait ma malheureuse existence. A peine pus-je gagner ma chambre, hors de moi, je me jetai à genoux. Grand Dieu! tu m'accordas pour la dernière fois la consolation de répandre des larmes amères. Mille idées, mille projets agitèrent mon âme troublée; enfin une dernière et seule pensée s'arrêta, se fixa dans mon cœur : je mourrai. Je me couchai, et ce matin, à mon réveil tranquille, cette pensée est encore là et remplit mon cœur : Je mourrai. Ce n'est point désespoir, c'est certitude que j'ai épuisé mes maux, que leur terme est arrivé, et que je me sacrifie pour toi. Oui, Charlotte, pourquoi le tairais-je? un de nous trois devait partir, c'est moi qui partirai. Oh! ma chère amie, souvent dans ce cœur où régnait la rage s'est glissée l'idée affreuse de massacrer ton époux, toi, moi. Il faut donc que je parte. Quand, dans une belle soirée d'été, tu te promèneras vers la montagne, ressouviens-toi de moi, rappelle-toi comme tu m'as vu souvent monter de la vallée; lève les yeux vers le cimetière qui renferme ma tombe, et vois aux derniers rayons du soleil comme le vent du soir fait ondoyer l'herbe haute qui la couvre. J'étais tranquille en commençant ma lettre; mais en me retraçant vivement tous ces objets, voilà que je pleure comme un enfant. »

—

Vers les dix heures du matin, Werther appela son domestique, et lui dit en s'habillant qu'il partirait dans quelques jours, qu'ainsi il devait mettre ses habits en ordre; il lui ordonna aussi de rassembler ses comptes, d'aller chercher des livres qu'il avait prêtés, et de payer pour deux mois quelques pauvres à qui il faisait de petites distributions par semaine.

Il se fit apporter à manger dans sa chambre, et monta ensuite à cheval pour aller voir le bailli, qu'il ne trouva point chez lui. Il se promena d'un air sombre dans le jardin, et paraissait vouloir rassembler encore, pour la dernière fois, tous les souvenirs les plus douloureux. Mes enfans ne le laissèrent pas long-temps en repos, ils le poursuivirent; et tout en sautant autour de lui, lui dirent que quand demain et un autre demain et encore un jour seraient passés, ils recevraient chez Charlotte leurs étrennes de Noël, et lui racontèrent les merveilles que leur promettait leur petite imagination. — Demain, s'écria-t-il, et le lendemain et un autre jour encore! et il les embrassa tendrement. Il voulait partir, mais le plus petit l'arrêta pour lui dire à l'oreille que ses frères avaient écrit de beaux complimens de nouvel an, bien, bien grands, un pour le papa, un pour Albert et Charlotte, et un aussi pour M. Werther, et qu'ils les présenteraient bien matin, le premier jour de l'an.

Ce dernier coup le terrassa ; il leur donna à tous quelque chose, monta à cheval, les chargea de complimens pour leur père et partit les yeux remplis de larmes.

Il revint chez lui vers les cinq heures et ordonna à son domestique d'entretenir le feu jusqu'à son retour, de mettre au fond du coffre ses livres et son linge, et d'arranger les habits par dessus ; après quoi il écrivit, suivant les apparences, le fragment suivant de sa lettre à Charlotte.

« Tu ne m'attends pas : tu crois que je t'obéirai, et que je ne te reverrai
que la veille de Noël. Oh ! Charlotte, aujourd'hui ou jamais. La veille de
Noël tu tiendras ce papier, tu trembleras, et tu le mouilleras de tes
larmes : je le veux, je le dois ; que je suis content d'être décidé ! »

—

A six heures et demie, il alla chez Albert ; il n'y trouva que Charlotte,
qui fut très émue en le voyant paraître. Elle avait glissé à son mari, dans
la conversation, que Werther ne viendrait pas avant la veille de Noël.
Peu de temps après, Albert fit seller son cheval, prit congé d'elle et
partit, malgré le mauvais temps, pour aller chez un bailli du voisinage,
avec qui il avait des affaires à régler. Charlotte savait qu'il renvoyait
depuis long-temps cette visite, qui devait le retenir une nuit hors du
logis. Elle sentit la défiance de son époux, et son cœur fut serré. Seule,
affligée, elle se retraçait le passé, elle se rendait justice sur ses sentimens et sa conduite, sur sa tendresse pour son époux, qui, au lieu du
bonheur qu'elle avait droit d'attendre, commençait à faire le malheur de
sa vie. Elle pensait ensuite à Werther et le blâmait, sans pouvoir le haïr.
Un penchant secret l'avait attachée à lui dès le commencement de leur
connaissance ; et maintenant, après un si long commerce, après avoir
passé par tant de situations différentes, cette impression était gravée
dans son cœur pour jamais : enfin son cœur oppressé se déchargea par
des larmes et tomba dans une mélancolie douce, où il s'ensevelit de
plus en plus. Mais quelle ne fut pas son émotion, lorsqu'elle entendit
Werther monter l'escalier, et demander si elle était au logis ! Il était
trop tard pour le refuser ; et elle n'était pas encore remise de son
trouble lorsqu'il entra. — Vous n'avez pas tenu votre parole, s'écria-
t-elle. — Je n'ai rien promis. — Pour notre repos commun, vous auriez
dû m'accorder ce que je vous avais demandé. Charlotte prit le parti d'envoyer chercher quelques unes de ses amies, pour qu'elles fussent témoins de la conversation, et dans l'idée que Werther, obligé de les re-
conduire, partirait plus tôt. Il lui avait apporté des livres, elle lui parla
de quelques autres, et tint des discours indifférens en attendant ses amies.
Mais le domestique revint lui rapporter leurs excuses : l'une était rete-
nue par la visite d'une parente et l'autre par le mauvais temps.
Ce contre-temps causa d'abord de l'inquiétude à Charlotte ; mais
bientôt le sentiment de son innocence lui inspira une noble confiance :
bravant les chimères qu'Albert pourrait se mettre en tête, sentant la
pureté de son cœur, elle rejeta l'idée qu'elle avait eue d'abord de faire
appeler sa femme de chambre ; et après avoir joué quelques menuets sur
le clavecin, pour se remettre de son trouble, elle vint tranquillement
se placer sur le sopha, à côté de Werther. — N'avez-vous rien à lire ?
lui dit-elle. Non. — Ouvrez cette commode, vous y trouverez votre
traduction de quelques chants d'Ossian ; je ne l'ai point lue encore, j'attendais toujours que vous puissiez me la lire vous-même ; mais depuis
quelque temps, vous n'êtes bon à rien. Il sourit, alla chercher le manuscrit, et frissonna en le prenant. Il s'assit, les yeux humides, et com-
mença à lire. Après avoir lu pendant quelque temps, Werther parvint
à l'endroit touchant où Armin déplore la perte de sa fille bien-aimée :
« Seul, sur la roche que mouillaient les vagues, j'entendis les plaintes

de ma fille ; ses gémissemens étaient perçans, son père ne pouvait la délivrer. Toute la nuit je restai sur le rivage, je la voyais, aux faibles rayons de la lune, toute la nuit j'entendis des cris douloureux. Le vent était haut, la pluie battait avec violence contre la montagne : avant que la lumière parût, sa voix s'affaiblit, et elle expira, ainsi qu'expire le vent du soir parmi les plantes des rochers. Courbée sous la douleur, ma fille y mourut, et laissa Armin seul. J'ai perdu ma force dans les combats. J'ai perdu l'orgueil d'avoir la plus belle des filles.

» Quand les tempêtes tonnent sur les montagnes, quand l'aquilon soulève les flots, assis sur le rivage retentissant, je fixe le rocher fatal. Souvent, au déclin de la lune, j'entrevois les ombres de mes enfans qui s'embrassent, et me regardent tristement. »

Un torrent de larmes qui coula des yeux de Charlotte et soulagea son cœur oppressé interrompit la lecture de Werther ; il jeta son papier, saisit la main de son amie, et l'inonda de ses larmes. Charlotte s'appuyait sur l'autre bras, et tenait un mouchoir devant ses yeux. Tous deux étaient dans la plus violente situation ; ils sentaient leur propre malheur dans le sort de ces infortunés ; ils le sentaient ensemble, et leurs larmes se confondaient. Les yeux et les lèvres de Werther, collés sur le bras de Charlotte, l'embrasaient de leur ardeur. Elle frémissait, elle aurait voulu s'éloigner ; la douleur et le plus vif intérêt pesaient sur elle de tout leur poids ; enfin elle respira avec force pour essayer de se remettre, et le pria, en sanglotant, de continuer. Werther, tremblant, n'en pouvait plus ; il ramassa le manuscrit, et lut d'une voix entrecoupée :

« Pourquoi me réveiller, vent du printemps ? tu me flattes et tu me dis : Je t'arrose de la rosée céleste. Mais le temps de ma flétrissure s'approche ; elle s'approche, la tempête qui me dépouillera de mes feuilles. Demain viendra le voyageur ; il viendra, celui qui a vu ma beauté. Son œil me cherchera autour de lui dans la campagne, et il ne me trouvera plus. »

Toute la force de ces paroles frappa comme la foudre le cœur de l'infortuné Werther : dans son désespoir, il se précipita aux pieds de Charlotte, se saisit de ses mains, les porta à ses yeux et contre son front. Un pressentiment de son projet pénètre pour la première fois dans le cœur de Charlotte ; ses sens se troublent, elle serre ses mains, les presse contre son sein, s'incline vers lui par un mouvement de compassion, et ses joues brûlantes touchent les siennes. Alors le monde entier disparaît à leurs yeux ; il passe ses bras autour d'elle, la presse contre sa poitrine, et couvre de baisers de feu ses lèvres tremblantes. — Werther ! s'écriait Charlotte, d'une voix étouffée et en se détournant ; Werther !.... et elle repoussait sa poitrine d'une main faible. — Werther !... s'écria-t-elle enfin du ton ferme et décidé de la vertu et du sentiment. Il n'y put résister, il s'arracha de ses bras, et hors de lui, se prosterna devant elle. Charlotte se leva ; et dans un trouble douloureux, d'un ton mêlé d'amour et de colère : — C'est la dernière fois, lui dit-elle, Werther ; vous ne me reverrez plus. Elle jeta un dernier regard de tendresse sur l'infortuné, courut dans sa chambre, et en barricada la porte. Werther lui tendit les bras ; mais il n'osa la retenir. Il resta plus d'une demi-heure couché par terre et la tête sur le sopha, jusqu'à ce qu'il entendît du bruit. C'était le domestique qui venait couvrir la table ; il se promena à grand pas dans la chambre ; et quand il se retrouva seul, il alla à la porte du cabinet et dit à voix basse : — Charlotte! Charlotte, un mot encore, seulement un adieu. Elle ne répondit point, il s'arrêta, il la supplia... et s'arrêta encore. Alors il s'arracha de cette porte, en criant : — Adieu, Charlotte! adieu pour jamais!

Werther courut à la porte de la ville, la garde, qui le connaissait, le laissa passer, la nuit était sombre et humide. Il pleuvait et il neigeait. Il rentra vers les onze heures du soir. Son domestique s'aperçut bien qu'il n'avait pas son chapeau, mais il n'osa rien dire. Il le déshabilla, tout était mouillé. On a retrouvé ensuite son chapeau sur une pointe de rocher, où il est inconcevable qu'il ait pu grimper impunément dans une nuit aussi sombre.

Il se coucha, et dormit long-temps. Son domestique le trouva qui écrivait, lorsqu'il lui apporta son café. Il ajoutait ce qui suit à sa lettre à Charlotte :

« Pour la dernière fois donc, pour la dernière fois je rouvre mes yeux. Ah! ils ne reverront plus le soleil; un brouillard triste et épais le couvre. Oui, nature, porte le deuil : ton fils, ton ami, ton amant touche à son terme. Charlotte! le sentiment que j'éprouve est un sentiment unique, et rien ne ressemble cependant plus à un songe, que de dire : Voici le dernier jour. Le dernier, Charlotte! je n'ai point d'idée pour ce mot : Le dernier! Aujourd'hui je suis debout, j'ai toutes mes forces, demain, glacé, je serai étendu sur la terre. Qu'est-ce que mourir? Oui, nous rêvons quand nous parlons de la mort. J'en ai vu mourir plusieurs; mais telles sont les bornes de notre faible humanité, qu'elle n'a point d'idée nette du commencement et de la fin de son existence. Maintenant je suis encore à moi. Non, non, à toi, la plus chérie des femmes! et dans une minute, détaché, séparé; peut-être à jamais. Non, Charlotte... non, comment pourrais-je être anéanti? Comment pourrais-tu l'être? Nous existons... Etre anéanti! Qu'est-ce? C'est encore un mot, un pur son qui ne va point jusqu'à mon cœur. Mort! Charlotte, renfermé dans une fosse si étroite, si froide, si sombre... J'eus une amie qui fut tout à ma faible jeunesse; elle mourut; je suivis son cercueil, je me tins au bord de sa fosse. Quand on descendit ce cercueil, quand j'entendis le sifflement des cordes qui descendaient et remontaient, qu'on jeta la première pelletée de terre, et que cette terre retentit sourdement sur la bière, et toujours, toujours plus sourdement, jusqu'à ce que tout fut couvert... je me jetai par terre; j'étais saisi, troublé, déchiré; mais je ne savais ni ce qui m'arrivait, ni ce qui devait m'arriver... Mourir! tombeau! je n'entends point ces mots-là.

» Pardonne! pardonne! Hier... Ah! cette minute eût dû être la dernière de ma vie; pour la première fois, le sentiment le plus délicieux pénétra, embrasa mon cœur... elle m'aime! elle m'aime! Mes lèvres brûlent encore du feu sacré qu'y portèrent tes lèvres ardentes. Un nouveau torrent de délices inonde mon cœur. Pardonne-moi! pardonne-moi!

» Ah! je savais que je t'étais cher, je l'avais vu au premier coup d'œil animé que tu avais jeté sur moi; je l'avais appris la première fois que tu m'avais serré la main; mais quand j'étais séparé de toi, quand je voyais Albert à tes côtés, je retombais dans le doute et dans l'agitation.

» Te rappelles-tu ces fleurs que tu m'envoyas, lorsque dans une fâcheuse assemblée tu ne pus ni me parler, ni me tendre la main? La moitié de la nuit je fus à genoux devant ces fleurs; elles étaient le sceau de ta tendresse ; mais ces impressions s'affaiblissaient bientôt, et s'évanouissaient enfin, ainsi que le sentiment de la grâce dans le cœur d'un dévot qui a célébré des mystères. Tout passe ; mais une éternité ne saurait éteindre la flamme que je cueillis hier sur tes lèvres, la flamme que je sens en moi. Elle m'aime ! Ce bras a étreint son corps, ces lèvres ont tremblé sur les siennes, cette bouche a bégayé sur sa bouche : elle est à moi. Oui, Charlotte ! tu es à moi pour jamais !

» Albert est ton époux : et qu'importe ! Ce n'est que pour ce monde. Et ce n'est que dans ce monde que c'est un péché de t'aimer, de souhaiter de pouvoir t'arracher de ses bras !... C'est un péché ; eh bien ! je m'en punis : je l'ai goûté ce péché, je l'ai goûté avec toutes ses délices. J'ai sucé un baume qui ranime mon cœur. Dès ce moment, tu es à moi : je vais devant, je vais à mon père, et à ton père ; je porterai mes douleurs aux pieds de son trône, et il me consolera jusqu'à ce que tu arrives. Alors je volerai à ta rencontre, je me saisirai de toi, et je resterai pour toute l'éternité près de toi, à la face de l'Etre suprême. Je ne rêve point, je n'extravague pas, je vois plus clair près de la tombe. Nous serons, nous nous reverrons, nous verrons ta mère, je la verrai, je la trouverai, et j'oserai lui montrer mon cœur. Ta mère, ton image... »

—

Vers les onze heures, Werther demanda à son domestique si Albert était de retour ; il lui répondit qu'oui, qu'il avait vu repasser son cheval. Là-dessus il le chargea de lui porter ce billet ouvert :

« Faites-moi le plaisir de me prêter vos pistolets pour un voyage. Adieu, portez-vous bien. »

—

La tendre Charlotte avait passé la nuit dans l'agitation et le trouble. Son sang bouillonnait dans ses veines, des sentimens douloureux déchiraient son cœur. Malgré ses efforts, le feu des embrassemens de Werther s'était glissé dans son sein ; mais en même temps l'image des jours de son innocence et de sa tranquillité se retraçaient à elle avec de nouveaux charmes. D'avance elle redoutait les regards de son époux, et ses questions aigrement ironiques, lorsqu'il apprendrait la visite de Werther. Jamais elle n'avait dissimulé, jamais elle n'avait trahi la vérité, et elle se voyait pour la première fois forcée à cette nécessité ; la répugnance, l'embarras qu'elle éprouvait grossissait encore sa faute à ses yeux ; et cependant elle n'en pouvait haïr l'auteur, ni même se promettre de ne plus le revoir. Triste, faible, elle était à peine habillée, lorsque son mari arriva : pour la première fois, sa visite lui fut insupportable ; elle tremblait qu'il ne s'aperçût de son insomnie et des larmes qu'elle avait versées ; et cette crainte redoublait son embarras. Elle l'embrassa avec une vivacité qui montrait plus de trouble et de remords que de véritable joie. Albert s'en aperçut, et après avoir ouvert quelques lettres, il lui demanda sèchement s'il n'y avait rien de nouveau, et s'il n'était venu personne en son absence. Elle lui répondit en hésitant : — Werther a passé hier une heure ici. — Il prend bien son temps, dit Albert, et passa dans son cabinet. Charlotte resta seule un quart d'heure. La présence de l'homme qu'elle aimait et respectait avait fait sur son cœur une impression nouvelle ; elle se rappelait tous les services qu'il lui avait rendus, la noblesse de son caractère, son attachement pour elle ; et se reprochait de l'en avoir si mal récompensé. Un mouvement inconnu la poussait à aller le rejoindre ; elle prit son ouvrage pour travailler dans son cabinet, comme cela lui était arrivé plusieurs fois. Elle lui demanda en entrant s'il avait besoin de quelque chose ; il répondit que non, et se mit à écrire : elle s'assit pour travailler. Albert faisait de temps en temps quelques tours dans la chambre : Charlotte lui adressait la parole ; mais il lui répondait à peine, et retournait à son bureau. Ce procédé lui causa une douleur d'autant plus amère qu'elle cherchait à la cacher, et à retenir des larmes prêtes à couler.

Une heure s'était écoulée dans cet état pénible, lorsque l'arrivée du domestique de Werther vint mettre le comble au trouble de Charlotte. Albert lut le billet, se retourna froidement vers sa femme, et dit : — Donne-lui les pistolets ; je lui souhaite un bon voyage. Ces mots furent un coup de foudre pour Charlotte : elle se leva en chancelant, s'avança avec lenteur vers le mur, détacha les pistolets en tremblant, en essuya par degrés la poussière, et aurait retardé plus long-temps encore, si un coup d'œil d'Albert ne l'avait obligée de finir. Elle remit donc au domestique l'arme fatale, sans pouvoir proférer un seul mot, plia son ouvrage et se retira dans son appartement, accablée d'une douleur mortelle. Son cœur présageait des malheurs funestes ; quelquefois elle était sur le point d'aller se jeter aux pieds de son mari, de lui découvrir tout ce qui s'était passé le soir auparavant, de lui montrer sa faute et ses pressentimens. Mais ensuite elle pensait que sa démarche serait inutile, et que surtout elle ne pourrait engager Albert à aller chez Werther. On servit ; et une amie que Charlotte retint à dîner rendit la conversation supportable. On se contraignit, on causa, on raconta, et on s'étourdit.

Werther, apprenant que Charlotte avait remis elle-même les pistolets au domestique, les reçut avec transport. Il se fit servir du pain et du vin, envoya dîner son valet, et se mit à table.

« Ils ont été dans tes mains, tu en as ôté la poussière, je leur donne mille baisers, tu les as touchés... Ah ! le ciel approuve et favorise mon projet. C'est toi, Charlotte, qui me fournis l'instrument de la mort, et c'était de tes mains que je désirais la recevoir. J'ai questionné mon domestique, tu tremblais en les lui remettant ; tu ne m'as point dit d'adieu. Malheur ! malheur à moi ! point d'adieu... La minute qui m'unit pour jamais à toi m'aurait-elle fermé ton cœur ? Charlotte, des siècles ne peuvent éteindre cette impression, et je sens que tu ne peux haïr celui qui brûle ainsi pour toi. »

—

Après dîner, il fit achever son coffre, déchira beaucoup de papiers, et sortit pour acquitter encore quelques petites dettes. Il revint au logis, et sortit ensuite de la ville malgré la pluie. Il alla d'abord au jardin du comte, et ensuite plus loin dans la campagne. Il revint à l'entrée de la nuit, et se mit à écrire.

—

« Mon ami, je viens de voir, pour la dernière fois, les montagnes, les forêts et le ciel. Adieu, ma très chère mère ; pardonnez-moi : mon ami,

je te charge de la consoler. Dieu vous bénisse ! J'ai mis ordre à toutes
mes affaires ; portez-vous bien ; nous nous reverrons , nous nous reverrons plus heureux. »

—

« Je t'ai mal récompensé, Albert, et tu me pardonnes ; j'ai troublé la paix
de ta maison , j'ai mis de la défiance entre vous. Adieu, je vais terminer
tout cela ; puisse ma mort vous rendre plus heureux ! Albert , Albert,
rends heureux cet ange, et que la bénédiction du ciel soit sur toi... »

—

Il acheva de mettre ses papiers en ordre, en déchira, brûla plusieurs,
et en cacheta d'autres à l'adresse de son ami. Ils contenaient des maxi-
mes, des pensées détachées dont j'ai vu quelques unes. A dix heures, il
lit remettre du bois dans son poêle et apporter une demi-bouteille de
vin. Il renvoya son domestique, qui, de même que les autres gens de la
maison, couchait dans un autre corps de logis. Ce domestique se jeta
tout habillé sur son lit, pour être plus tôt prêt le lendemain, son maître
lui ayant dit que les chevaux de poste seraient à la porte avant six
heures.

« *Après onze heures*. Tout est si tranquille autour de moi, et mon âme
est si calme ! Je te rends grâces, ô mon Dieu ! qui m'accordes, dans ces
dernières minutes, de la chaleur et de la force.

» Je m'approche de la fenêtre, ma chère amie : au travers des nuages
qu'un vent impétueux emporte avec rapidité, je vois encore luire quelques étoiles. Astres brillans ! non, vous ne tomberez point ; l'Éternel porte
vous et moi dans son sein. J'ai encore vu la grande-ourse, la plus chérie
de toutes les constellations ; lorsque je sortais le soir de chez toi, elle
brillait vis-à-vis de ta porte. Avec quelle extase ne l'ai-je pas souvent
regardée ! souvent j'ai élevé mes mains vers elle pour la prendre à témoin
de ma félicité ! Oh ! Charlotte, qu'est-ce qui ne me rappelle pas ton idée ?
Ne m'entoures-tu pas de tous côtés, et n'ai-je pas, ainsi qu'un enfant,
rassemblé autour de moi toutes les petites choses que tu as consacrées
en les touchant ?...

» Profil qui me fus si cher, je te le rends, Charlotte, et je te prie de
l'honorer. J'y ai imprimé des milliers de baisers, et je l'ai saluai mille fois
en rentrant et en sortant de chez moi...

» J'ai écrit un billet à ton père, pour le prier de protéger mon corps. Au
coin du cimetière, du côté qui regarde les champs, sont deux beaux tilleuls ; c'est là que je souhaite de reposer : il peut le faire, il le fera pour
son ami. Joins tes prières aux miennes ; je ne compte pas que de pieux
chrétiens veuillent faire enterrer leurs cadavres près de celui d'un pauvre
infortuné. Ah ! je voudrais être déposé dans quelque vallon écarté ou sur
les bords du grand chemin, afin que le prêtre et le lévite pussent lever
les yeux au ciel et rendre grâces au Seigneur en passant près de ma
tombe, tandis que le Samaritain donnerait une larme à mon sort...

» Charlotte, je ne frémis point en embrassant le fatal calice qui va me
donner la mort. Tu me le présentes, je ne recule pas. Tout, tout est
donc fini ; voilà donc tous les vœux, toutes les espérances remplies !
Froid, glacé, je vais heurter à la porte d'airain de la mort...

» Que n'ai-je eu le bonheur de mourir pour toi, Charlotte, de me dévouer pour toi ! Je mourrais avec courage, je mourrais avec volupté, si je pouvais te rendre le repos et le bonheur. Mais il n'est donné qu'à un petit nombre d'hommes distingués de verser leur sang pour ceux qui leur sont chers, et d'augmenter leur félicité par ce sacrifice.

» Je veux, Charlotte, être enterré dans les habits que je porte maintenant ; tu les as touchés, ils sont sacrés. J'ai demandé aussi cette grâce à ton père. Mon âme plane sur ma tombe. On ne doit point fouiller mes poches. Ce nœud de ruban rose qui parait ton sein, le premier jour que je te vis au milieu de tes enfans (ces chers enfans, il me semble les voir sauter autour de moi ; donne-leur mille baisers, et raconte-leur le sort de leur infortuné ami. Ah ! comme je m'attachai à toi dès ce premier moment sans avoir pu te quitter depuis !), ce nœud de ruban doit être enterré avec moi. Tu me le donnas à mon jour de naissance : comme je dévorais tout cela ! Ah ! je ne prévoyais pas que cette route me conduirait ici. Sois tranquille, je t'en conjure, sois tranquille.

» Ils sont chargés. Minuit frappe... Partons... Charlotte, Charlotte ! Adieu, adieu !... »

Un voisin aperçut le feu et entendit le coup ; mais comme tout resta tranquille, il n'y pensa plus.

A six heures du matin, le domestique entra dans la chambre avec la lumière. Il trouva son maître étendu par terre, baigné dans son sang. Il l'appelle, il l'embrasse : point de réponse. Il ne donne plus que quelques signes de vie ; le domestique court au médecin et chez Albert. Charlotte entend la sonnette ; un tremblement universel la saisit. Elle réveille son mari ; tous deux se lèvent. Le domestique en sanglotant leur apprend ce triste événement. Charlotte tombe sans connaissance aux pieds d'Albert.

Quand le médecin arriva auprès de l'infortuné Werther, il était encore étendu par terre, le pouls battait ; mais la balle, entrant au dessus de l'œil droit, lui avait fait sauter la cervelle. On le saigna cependant au bras ; le sang coula, et il respirait encore.

On pouvait juger, par le sang qu'on voyait autour du fauteuil, qu'il avait commis cette action devant son bureau. Il était ensuite tombé, et s'était roulé autour du fauteuil dans des mouvemens convulsifs. On le trouva couché sur le dos près de la fenêtre. Il avait un frac bleu, une culotte jaune et des bottes. Les gens de la maison, ceux du voisinage, et enfin de tous les quartiers de la ville, accoururent bientôt. Albert entra. On avait mis Werther sur son lit ; sa tête était bandée, la pâleur de la mort était sur son visage, il râlait encore plus ou moins fortement ; on attendait à chaque instant qu'il expirât.

Il n'avait bu qu'un verre de vin. *Emilia Galotti* était ouverte sur son bureau.

Je ne vous dirai rien de l'accablement d'Albert ni de l'état de Charlotte.

Le vieux bailli accourut à cette nouvelle ; il baisa le mourant en pleurant à chaudes larmes. Ses fils aînés le suivirent à pied de fort près ; ils se jetèrent à genoux devant son lit dans le plus violent désespoir, et lui baisèrent les mains et la bouche. L'aîné, qui était son favori, ne quitta point ses lèvres qu'il n'eût expiré ; encore fallut-il l'en arracher par force. A midi, Werther rendit le dernier soupir. La présence du bailli et ses précautions continrent le peuple; pendant la nuit, il fit enterrer le corps de Werther dans la place qu'il s'était choisie. Lui et ses fils le suivirent; Albert n'en eut pas la force. On craignait pour la vie de Charlotte. Des manœuvres portèrent le corps; aucun prêtre ne l'accompagna.

GOETHE.

FIN.